작은 풀꽃의
사중주

최연숙 에세이 작은 풀꽃의 사중주

인쇄 2020년 6월 5일
발행 2020년 6월 10일

지은이 | 최연숙

펴 낸 곳 | 도서출판 우인북스
등록번호 | 385-2008-00019
등록일자 | 2008. 7. 13
주   소 | 안양시 동안구 시민대로 272, 1305호
전   화 | 031-384-9552
팩   스 | 031-385-9552
E-mail | bb2jj@hanmail.net

ISBN 979-11-86563-22-9 03810
값 11,000 원

이 도서의 국립중앙도서관 출판예정도서목록(CIP)은 서지정보유통지원시스템 홈페이지(http://seoji.nl.go.kr)
와 국가자료종합목록 구축시스템(http://kolis-net.nl.go.kr)에서 이용하실 수 있습니다.
(CIP제어번호 : CIP2020021742)

작은 풀꽃의
사중주

최연숙 에세이

자연이 스승이다. 하찮다고 생각하는 것들이 우리 마음을 만질 때 경탄한다. 작은 풀꽃이 우주를 품었다. 홀로 피어 제 몫을 다하는 풀꽃의 생애가 우리에게 주는 교훈이 결코 작지 않다. 나탈리 골드버그의 《뼛속까지 내려가서 써라》에서는 매일 15분씩 글을 쓰라고 권한다. 도전을 받은 것인지 자주 긁적인다. 자신의 기록은 소중하다. 삶의 궤적을 돌아보고 존재론적 성찰을 통하여 미래의 내용이 달라지기 때문이다. 자연은 끊임없이 나에게 말을 걸어온다. 마음의 귀를 늘이며 그네들의 말을 곰곰이 새기곤 한다.

지구별에서 살다간 흔적은 남아야 하지 않겠는가. 사물이 생각을 터치하는 찰나를 기록했다. 글의 길고 짧음을 의도하지 않았다. 형식에 구애됨이 없이 의식의 흐름을 따라 편안하게 적었다. 즉 '미셀러니(miscellany)', '몽테뉴적 수필'이라고 하겠다. 시집부터 두 권 발간했다. 글을 쓰며 삶이 하나하나 정리되어 가는 것이 수확이다. 정리하며 사는 삶은 그렇지 않는 삶과 완전히 다르다. 주로 SNS에 적었던 것을 수정 가감해서 묶었다. 작가에게는 공감해주는 한 사람의 독자만 있어도 글을 쓸 이유는 분명하다.

다음 번 책은 서평 집이 될 것이다. 그동안 독서를 통해 나를 읽게 된 기록이다. 무엇이든지 나를 거쳐 간 것들을 무심히 보내지 않았다. 글이나 사물이나 사람에서나 나누고 느낀 것들은 기록했다. '역사는 기록하는 자의 것이다' 라고 한다. 다소 주관적일지라도 개인의 역사도 기록해야 남는다. 글에서 그 사람의 과거와 현재와 미래를 만나면서 자신의 경험이나 느낌을 동일시하며 위로를 받기도 한다. 그 시점에서 누군가는 글을 쓰고 싶을 수도 있겠다. 나이에 관계없이 할 일이 있어서 행복하다. 늘 나와 함께 하시는 하나님께 감사드린다.

2020년 유월에

관악산 기슭에서 **최연숙**

PART 1 : 아저씨의 분꽃

PART 4 ; 밤에도 온기가 있다

PART 5 ; 살구꽃 피는 마을

PART 1
아저씨의 분꽃

아저씨의 분꽃

지하주차장을 나와 맨 먼저 마주하는 사람이 있다. 건물 주차관리 아저씨인데 참 친절하시다. 늘 활짝 웃는 아저씨와 인사를 주고받다 보면 기분이 절로 즐거워지곤 했다.

해 그림자 길게 누운 여름 오후, 지하 주차장을 나오던 나는 차를 멈추지 않을 수 없었다. 담 밑에 진분홍 분꽃이 초롱불보다 더 밝게 내 눈을 사로잡고 있었다. 비온 뒤 돋아나는 새 풀잎처럼 잎과 꽃의 대비가 선명해 길 가는 모든 이들에게 들키고야 마는 꽃, 신부의 머리 위에 얹혀진 족두리에서 움직일 때마다 신부의 마음처럼 가늘게 떨리던 장식 같은 꽃, 분꽃을 보면 유년의 사촌오빠 전통혼례식에서 보았던 신부가 생각난다. 참 오랜 날 피어 있었다. 한낮이면 새초롬히 꽃술을 감추고 해질

녘이면 활짝 속내를 드러내는 것이 요염하기까지 했다.

분꽃을 보며 절로 즐거워진 마음에 심은 사람을 찾았더니 주차관리를 하는 아저씨라 했다. 늘 미소를 잃지 않던 그분의 촉촉한 감성이 전해지는 듯하다. 온통 시멘트 벽뿐인 담 밑 약간의 흙에 분꽃을 심을 생각을 다 하셨을까. 언젠가 차에 키를 두고 문을 잠가 난감해할 때, 당신의 일인 양 달려와 친절을 베풀어 주기도 했던 그 아저씨는 분꽃이 지기도 전 훌쩍 떠났다. 내게 스마일 아저씨로 가슴에 새겨진 마음 고운 그분은 내년엔 어느 도시 한 모퉁이에 달빛보다 더 환한 분꽃을 심어 오가는 이들의 마음을 설레게 할는지….

아저씨가 가고 이번엔 피부가 검고 어두운 표정의 아저씨가 오셨다. 으레 하던 대로 차창을 열고 "수고하세요." "수고 많으시네요." 하며 인사를 건네보지만 받지도 않을 뿐더러 그냥 무표정한 얼굴이라 내 쪽에서 무안했다. 사람이 다 같을 순 없으니 어쩌랴. 이왕 늘 하던 인사 안 받으시면 어때, 라는 생각으로 빠짐없이 인사를 드렸다. 한 달 쯤 지났을까. 아저씨의 얼굴이 조금씩 밝아짐을 느낄 수 있었다.

그동안 분꽃은 하나, 둘 지고 열매처럼 까맣게 익어

달려 있는 분꽃 씨를 받아 내년엔 아저씨 대신 내가 심어보리란 마음으로 몇 개의 씨앗을 거두고 이삼일 간격으로 가보았다. 꽤 익었을 열매가 하나도 보이지 않았다. 누가 나처럼 내년에 심으려고 받아갔나 생각하며 서성이는데 아저씨가 오셨다. 씽긋 웃으며 손을 가리키는 곳에 잘 여문 분꽃씨앗이 한움큼 놓여 있었다. 무엇보다 아저씨의 웃는 모습을 처음으로 보게 된 것이다. 씨앗을 수집하러 다닌 나를 위한 배려와 어둡던 얼굴 안으로 훈훈한 마음이 있음을 알게 된 것이 큰 기쁨이었다. 이젠 미소로 인사를 받는 아저씨를 만날 시간이 기다려진다.

닫힌 마음은 부드러움만이 열 수 있다는 평범한 진리를 깨닫게 된 것은 떠난 아저씨로부터 받았던 아름다운 미소가 내 안에서 열매 맺은 것이기도 하다. 이제 새 아저씨가 받아주신 이 많은 분꽃 씨를 어디다 다 심을까. 나는 벌써부터 꽃부자가 되어버린 것 같다. 내가 심은 분꽃 씨를 보는 이들마다 나와 같은 소망과 기쁨도 함께 거둘 것이다. 저만치서 아저씨의 환한 미소가 분꽃처럼 웃고 있는 것 같다.

COVID-19가 주는 교훈

봄비 그치고 햇살이 보들합니다. 산골짜기를 따라 걷는데 흐르는 물 위에 은결이 반짝입니다. 물 위 낙엽을 젖히니 알에서 깨어난 올챙이가 떠다닙니다. 맑고 동그란 투명 막에 쌓인 알은 정체가 궁금합니다.

양지녘 청매가 망울망울 봉오리를 올리고 있습니다. 서너 나무가 꽃봉을 열면 은근한 매화 향기 골짜기를 타고 베란다를 넘어올 것입니다. 생명이 봄을 먼저 알고 화답합니다. 모처럼 공원 운동기구에서 운동을 했습니다. 조잘거리는 아이들 소리에서 생동감이 넘칩니다.

요즈막 사람과 사람 사이 또 하나의 섬이 생겼습니다. 스마트폰이 섬 하나를 만들더니 이번에는 COVID-19라 불리는 우한 코로나입니다. 사람이 사람과 억지로 떨어져 있어야 하는 것은 천형입니다. 우울한 나날입니다.

왜 무서운 역병이 우리에게 내려졌는지 곰곰이 생각하는 시간이 많아졌습니다. 하루에도 몇 번씩 하늘을 봅니다. 우리 사회의 악하고 추한 일이나 잘못된 것들을 성찰하고 돌이켜야 하는 것은 아닌지, 나 자신부터 말입니다.

우한 코로나가 시작되고 '사회적 거리두기'라는 신종어가 생겨났습니다. 행사와 모임이 모두 중단되었고 교회 예배도 인터넷으로 바뀌었습니다. 자주 보던 사람들을 만나면 안 되는 상황이 주는 우울함과 스트레스가 견디기 어려웠습니다. 그런 와중에도 사람은 환경의 동물이란 말을 실감합니다. 다행히 적응해가는 나를 봅니다. 식품 구매를 인터넷 장보기로 대체하고 당장 필요한 것만 동네 마트에 들릅니다. 잠시 뒷산을 오르거나 자전거로 개울가를 돌기도 하고 올레에서 최신 상영작 영화를 구입하여 감상을 하며 나름대로 나만의 시간을 보내고 있습니다. 한 이틀 캐나다 호숫가에 사는 교포가 다람쥐와 교감하는 영상을 보며 지냈습니다.

혹자는 "우리를 집으로 강제로 되돌려서 집을 재건하고 가족 단위를 강화하기 위해서"라고 의미 부여도 합니다만, 코로나 사태가 일상의 패턴을 빠르게 바꿔놓았습니다. 앞으로도 이런 상황으로 살아야 한다는 경고의 목소리도 들려옵니다. 오늘은 사망자가 200명을 넘었습니다. 누구에게도 안전하다는 보장은 없습니다. 모두가 불안한 시간을 보내고 있습니다. 21세기는 신종플루, 사스, 메르스, 코로나-19뿐 아니라 또 다른 변종 바이러스와의 전쟁을 예고합니다.

이는 인간의 욕심이 불러온 재앙입니다. 먹는 것, 누리는 것의 욕심에서 환경 파괴가 이루어집니다. 사람과 사람, 사람과 자연 속의 모든 생물들이 공생공존하며 환경을 오염시키지 않아야 합니다. 두어 달 사람의 활동이 뜸해지자, 봄하늘이 맑아졌습니다. 중국의 공장들이 가동을 멈추니 미세먼지가 사라지고 청명합니다. 금번 코로나 사태로 전 세계적으로 지구환경이 좋아졌다고 합니다. 사람들의 이동을 제한하니 자연이 회복되는 것입니다. 지구를 무참히 파괴해 오던 우리 모두에게 하늘이 경종을 울린 셈입니다. 지구가 점점 더 회복되면 우한 코로나와 같은 바이러스도 사라지지 않을까 생각해 봅니다. 경제가 어렵다고 아우성들이지만, 과잉 생산을 멈추고 꼭 필요한 양만큼만 생산했으면 합니다. 지구인들이여, 이젠 모두 욕심을 좀 더 내려놓아야 할 때입니다. 인간이 지구에서 영원히 사라지기 전에 말입니다. 우리 희망의 소식 기다리며 좀 더 힘을 냅시다.

"바람이 분다!… 살아야겠다!

Le vent se lever!… il faut tenter de vivre!"

– 폴 발레리 「해변의 묘지」 중

蘭香에 취하다

난이 꽃을 피웠다. 꽃대가 올라오더니 그 신비한 봉오
리를 차츰 열었다. 여간 반가운 손님이 아니다. 난초의
향기는 천리를 간다 했다. 이 더위에 온 집에 난향 그윽
하다. 스쳐지날 때마다 격조 있는 향기에 이끌려 한참
을 들여다본다. 더위에 꽃이 빨리 질까 봐 안방에서 시
원한 거실로 옮겼다. 옥화 종류 같긴 한데, 확실한 이름
은 모르겠다. 선물로 줄 때는 이름부터 적어주어야 하
는데 그것을 간과한 것이다. 집에서 키우는 난에서 꽃
을 보긴 쉽지 않다. 난 분 몇 개는 잎만 푸르고 몇 년
째 꽃을 보지 못했다.

꽃대를 세어보니 다섯 개나 된다. 청자빛 화분도 마
음을 맑히거니와 옥빛이 감도는 꽃잎에 홍색 줄무늬와

점이 볼수록 신비롭다. 어쩌다 우리 집에 이 반가운 손님이 오셨는고. 단아한 여인이 쪽진 머리로 모시한복을 입고 앉아 난을 치는 듯하다가, 방금 천상에서 하강한 선녀의 기이한 춤사위를 보는 듯하다가, 이내 저 선경仙境을 따라 드는 것이다. 눈 뜨고 잠자리에 들 때까지 후각과 시각에 전달되어 청각을 포섭하는 예스런 정취에 행복하다.

난초는 예로부터 문학 속에서 선비나 은자로 자주 비유되었다. 기품 있는 자태를 보노라면 세속과는 아무 상관이 없어 보인다. 소沼 물이 맑아 뼛속까지 시원하고 고즈넉한 계곡에 앉아 구름에서 떨어지는 물방울 소리를 듣고 있는 양, 마음이 청정하니 머리도 맑다. 초록 잎을 감싸도는 연미색 띠를 두른 잎에서도 신선한 기운이 솟는다. 한 겨울 샘물에 머리를 감았거나 선비의 고담준론高談峻論을 듣는 듯하여 그 앞에 서면 서늘한 기운에 정신이 명징해진다.

난꽃을 사군자의 으뜸으로 친 이유를 알 것 같다. 매향이 맑다지만 그 격이 난향만 못하고, 국향이 좋다 하나 진하게 발하는 향은 은근한 난향만 못하다. 그저 요요히 피어 고매한 향기를 피우는 난꽃이다. 속인이 어찌 군자의 마음을 헤아리랴만, 사색 속으로 침잠해드는 내면의 웅얼거림에 적잖이 영향을 받고 있다. 난꽃이 이울기까지 나를 두르고 풀어 줄 은은한 시적 정취에 고요히 스며들 일이다. 고귀한 인연이듯 格貴品高로세.

과천 무동답교놀이

　일산 킨텍스에서 열린 경기무형문화제 축제에 참석했다. 그곳에서 처음 만난 과천 무동답교놀이, 내가 사는 고장의 무형문화재라 공연을 챙겨가며 몇 차례 감상하다보니 소중한 문화재임을 알게 되었다.

　경기도 무형문화재 제44호인 과천의 "무동답교놀이"는 정조대왕의 효행과 결부되어 있다고 전해진다. "조선조 제22대 정조대왕이 선친인 사도세자의 억울한 죽음을 비통하게 여겨 화성 현륭원으로 천붕하고 전배하는 능행 시 경숙이 빈번해지자 대왕을 위로하기 위해 과천의 부락민들이 화려한 복색의 미동을 꾸며서 무동극을 창출하여 능행을 환송하고 효행을 칭송하니 정조대왕이 즐기시고 기뻐하셨다"고 구비 전승되었다 한다. 그 후 과천의 민속놀이로 자리 잡은 것이다.

풍물패와 국악예술단이 연주하는 장구와 북, 소고와 세납의 소리가 어우러지고 몸놀림 하나하나가 매우 체계적이고 절제미를 보여주었다. 중모리, 자진몰이, 휘모리 형태의 악기 연주와 노래를 듣노라니 노래문학으로 전승되어 온 듯도 하다. 감상하다보면 신명이 절로 나서 손과 발이 장단을 맞추게 된다. 귀에 익숙한 4박자의 울림이 무척 흥겹다. 우리 민족이 얼마나 신명이 많은 민족인가를 무동답교놀이에서도 발견할 수 있었다. 산신재와 우물고사를 통해 하늘의 우로雨露를 기원하며 풍년을 비는 대목에선 일종의 노동요와 흡사해 원시종합예술의 한 형태가 전래된 것은 아닌가 싶기도 하다.

무동답교놀이의 하이라이트는 여장을 한 어린 소년 무동들이 어깨 위에서 춤과 재주를 부리는 것이라 하겠으나, 꽃으로 치면 꽃잎에 견주어도 될 임춘희 예술국악단의 선소리 '산타령'을 으뜸으로 여겨도 좋겠다. 소고와 민요의 맛깔진 목소리가 어우러지고 화려한 색상의 한복을 입은 단원들의 열창과 신들린 듯 장구와 하나되어 무아의 경지를 연출하는 명창 임춘희 단장의 열정은 참으로 놀랍다. 각각의 자리에서 구슬땀을 흘리며 제 몫을 다해내는 애향심으로 똘똘 뭉친 단원들께 경의를 표한다.

300여년의 역사를 지니고 있는 무동답교놀이는 일제강점기를 지나며 그 명맥이 끊겼다가 2008년 내용과 구성을 재정비하여 문화재청의 문화재로 공히 인정을 받게 되었다. 오랜 세월 전승되어 온 지역문화재의 발굴과 보존, 계승에 심혈을 기울인 공로자가 있었으니 상쇠 보유자이자, 총감독과 연출을 맡고 있는 한뫼예술단 오은명 단장이다. 조용한 성품으로 놀라운 업적을 이룬 것을 알게 되었다. 두 분은 과천의 문화예술 발전에 공헌을 세운 예술계의 巨木이다.

무동답교놀이는 풍물과 국악이 어우러지고 해학과 풍자가 깃든 과천의 전통 문화재로써 대대로 잘 보존해야 될 귀중한 무형자산이다. 우리 고장의 자랑인 경기도 무형문화재인 과천 무동답교놀이가 많은 사람에게 사랑받기를 바란다.

문화와 퍼스낼리티personality

　인터넷 시대가 양산해낸 문화에서 가장 두드러지게 발전하는 것이 부분문화이다. 부분문화란 사회전체의 기존 질서를 인정하면서 각각 집단 성원들끼리만 공유하는 문화를 말하며 하위문화subculture라고도 한다. 직업과 연령대, 사회, 경제적 지위에 따른 취미와 오락, 레크레이션과 같은 다양한 관심사, 도시와 농촌, 청소년과 노인 문화 등, 현대사회는 정보통신의 발달로 다양한 부분문화가 공존할 수밖에 없는 요소들을 가지고 있다.

　긍정적인 측면에서의 부분문화는 권장하면 좋을 것이나 사회나 개인에게 부작용을 가져다주는 역기능적인 측면도 있기 때문에 면밀히 관찰되어져야 한다. 웹서핑을 해보면 끼리끼리의 문화라고도 할 수 있는 자신들만의 관심분야인 정보를 공유하고 취미활동과 사회활동에 참여하는 그룹들이 많다. 좀 더 깊이 들여다보면 부분문화들 속에서 각각의 독특한 퍼스낼리티personality를 발견하게 된다. 온라인의 특성상 자신의 생각을 글로써 모두 전달하기에는 한계가 있다. 원치 않은 오해나 갈등은 오프라인 모임을 통해 얼마간 해소되기도 하지만 그렇지 못한 부분이 지닌 부작용 또한 상당하다.

예를 들자면, 유명 연예인이 악성 댓글의 치명타를 입어 자살을 했다던 지, 상대방의 인격을 모욕하고 명예를 훼손하는 행위로 인하여 사이버 경찰에 고발하는 사태까지도 종종 발생한다. 간혹 충격적인 사건으로 우리를 경악케 하는 자살조장 사이트와 같은 사회질서를 파괴하는 반문화를 만들어 내려는 사람들을 단호히 경계해야 한다. 인터넷 시대에 문화 속 개개인의 퍼스낼리티personality가 긍정적으로 형성되어 드러나길 소망한다.

인간복제와 사이보그cyborg

영화 '아일랜드'를 감상한 후 인간 복제에 대한 경각심을 갖고 있다. 스폰서에게 장기와 신체의 일부를 제공하기 위한 목적으로 철저한 통제하에 관리되어 온 복제 인간이 자신의 스폰서를 찾아 헤매는 줄거리의 영화였다. 장기가 필요할 때까지 많은 사람을 특수 비닐팩에 약물처리해 둔 장면이 끔찍했다. 복제 연구자들은 동물복제가 곧 인간 복제로 이어질 수밖에 없다는 것을 안다. 불임부부나 동성애자들의 수요에 당연히 공급해줘야 된다고 생각하기 때문이다.

그러나 "복제아기 하나를 만들어 내기 위해서는 25명의 죽은 아기를 쓰레기통에 던져 넣어야 한다."고 분자생물학자는 말한다. 이는 소중한 생명이 단지 일회용과 같은 소모품으로 전락하게 되어 생명경시 풍조를 조장하게 된다는 것이다. 일종의 사이보그인 맞춤형 인간을 만들기 위해 우리 몸과 두뇌를 미세 기계장치로 대체하여 인간 자체를 기계로 만들어 버린다는 착상 또한 인간의 정체성에 대한 새로운 문제를 야기시킬 수 있다.

'아일랜드'를 감상한 후 예리한 흉기로 머리를 한 대 맞은 듯 충격을 받았다. 내가 기록한 영화 리뷰 중 일부를 여기에 옮겨 본다. "몸이 아파도 병원 가는 것이 두려워질 것이다. 상업성에 눈이 먼 의사로부터 나도 몰래 체세포를 체취 당해 어디엔가 나와 똑같은 복제된 내가 있을 수 있겠다는 생각이 들기 때문이다. 인간복제는 인간의 정체성과 질서를 혼란하게 만들 것이며 더 나아가 사회질서를 파괴하는 무서운 재앙일 수도 있겠다."고 적고 있다.

언제부터인가 식물의 다른 種을 결합하여 피워낸 꽃과 먹거리들이 영 달갑지가 않았다. 식물로부터 시작된 유전자 조작이나 동물복제로 이어진 인간의 복제, 더 나아가 사이보그와 같이 인간을 기계화시키려는 것에 회의가 인다. "나"라는 사람은 지구상에 유일하게 하나이기 때문에 소중하고 특별한 가치를 부여받게 된다. 다양한 이유로 통제할 수 없어 복제 인간이 탄생하기 시작한다면 어찌될 것인가. 인간의 정체성과 가치관의 혼돈시대가 눈앞에 와 있다.

아무나 와도 좋소

먼 남녘에서 온 편지. 눈감은 채 코에 갖다 대니 절절하게 배인 고향냄새, 이즈음 앞 무논에 개구리 울음소리 들려오고 뒷동산엔 배롱나무 꽃등을 내걸고 온 동네 빛 잔치 열고 아무나 와도 좋소 할 테지. 내 고향에서 오란다. 열 일 제쳐두고 길을 나섰다.

눈길 닿는 곳마다 초록이다. 서울의 매연 거리에 서 있는 거무죽죽한 가로수를 생각하면 시골의 싱그러운 푸른 숲을 지나는 바람조차도 초록바람으로 둔갑시킬 것 같다. 이렇듯 엇갈리는 대조는 사람이나 나무나 하찮은 미물조차도 도시보다는 자연 속에서 생동감을 느끼게 된다. 공휴일이어서 하행 길 곳곳이 정체다. 밤 여덟시가 지나고서야 겨우 고향에 도착했다. 오랜 시간 수고로움 끝에 당도한 고향이라선지 땅을 밟는 발마저도 감회가 새롭다.

동이
동이
그리움 이고

서성이며
잠 못 들던 날

고향도
사람도
옛 것이 아니련만

어젯밤도
너와 놀던 바닷가
마음에 선하다

– 「고향」 전문

해마다 사월이면 백제에서 일본으로 건너가 아스카
문화를 꽃피운 왕인박사 축제가 3박 4일 동안 열려 전
국에서 삼사십만 명의 관광객이 우리 고향을 찾는다.
벚꽃 백 리 길과 다채로운 행사도 볼거리가 많지만 음식

맛을 못 잊어 다시 찾는 사람들이 많다고 한다. 갈비와 낙지의 만남인 갈낙탕, 갯벌에 사는 짱뚱이탕도 별미지만 하나하나 정성스레 마련한 밑반찬에 밥을 먹어도 잃었던 입맛을 다시 찾게 되는 손맛 좋은 고향이다. 그러니 고향에 오는 길은 배가 고파도 참고 도착해서 식사를 하게 된다.

연미색 모시 개량한복을 입고 고향으로 달려온 나는 뵙고 싶었던 분들과 반가운 인사를 나누고 뜨거운 애향의 정을 주고받으며 뜻깊은 시간을 보냈다. 행사가 끝나고 호텔 앞 원형의 길을 막 돌아 나오는데 남편 친구에게 연락이 왔다. 그 친구는 길가에 차를 세워두고 기다리고 있었다. 출근하다가, 동진이 엄마 비슷한 분이 왜 여기 계실까 궁금해 가까이 가 보니 니네 어머니시더라고. 그래 전화도 없이 내려왔냐며 따라오라 하더니 앞서간다. 시어머니를 뵌 것이다.

영명식당, 산낙지 전문점이다. 이곳의 세발낙지는 다른 곳의 낙지와는 달리 맛이 월등히 좋다. 목포가 가까워 일명 원조라고 해야 할 만큼 다른 지방의 사람들이 일부러 산낙지를 먹으러 이곳까지 올 정도로 유명하다. 산낙지를 잘게 잘라 참기름을 뿌려내 오는데, 넷이 먹다 셋이 없어져도 모를 맛이다. 이어서 산낙지 초무침이 나와 밥을 비벼 맞바람에 게눈 감추듯 맛있게 먹었다. 고향에 온 이유를 얘기하고 창간호 책을 한 권 드렸더니 빙긋이 웃으시며

"아니 용산리댁은 서방님 덕에 유유悠悠하게 사는 구만이라우"

라고 말하기에 나는 한 술 더 떠서 대답했다.

"네에. 지금은 유유이지만 곧 유유자적悠悠自適할 것입니다요."

읍내 군청에 근무하는 청렴하고 강직한 성품의 남편의 친구와 남편은 어릴 적 무척 악동이었다고 한다. 참외서리와 고구마 서리를 하다 혼쭐이 나기도 했고 벌집을 건드리다 벌에 쏘여 기절했던 일, 염소 등에 올라 뿔을 흔들다 뿔에 받혀 죽을 뻔한 일, 방죽에서 헤엄치다 둘 다 빠졌던 일 등 이야기 보따리를 풀면 한이 없다.

서로 쳐다보며 "그 때 너 그랬었지야" 하며 배꼽을 쥐고 웃는 모습을 보면 절로 내 어릴 적 추억도 주마등처럼 스친다. 친구는 유일하게 나를 용산리댁이라고 택호를 부른다. 신혼여행을 다녀와 시부모님께 인사드리러 갔는데 남편과 제가 가는 곳이면 어디든지 따라다니며 짓궂게 농담을 해 얼굴을 붉히게도 했던 친구였다.

남편이 고향을 다녀올 때면 늘 묻는 그 친구의 안부,

자주 만나진 않아도 정은 정끼리 통하는 모양이다. 일 년에 한 두 차례 만날 때면 고향 인정도 인정이려니와 어찌나 챙겨주던지 눈물이 날 지경이다. 지금은 건강하지만 한동안 몸이 아파 우리 부부를 안타깝게 하기도 했던 친구는 오늘도 어김없이 감칠맛 나는 위트로 우리 부부를 즐겁게 해주었다. 식사가 끝나고 갈 길이 바쁘다는 우리에게 "낭구나 하나 보고 가그라." 하며 또 앞장을 선다. 일백구십 년 된 팽나무 군락지로 우리를 데려갔다. 팽나무는 얼기설기 큰 줄기로 휘감겨 세월의 더께를 싸안고 있었다. 나무도 오랜 세월 살다보니 외로움을 알게 된 것일까. 이리저리 손을 뻗쳐 서로를 부둥켜안고 있으니 말이다.

고향에는 팽나무가 많았다. 팽나무는 잘 부러지지 않아 어릴 적 자주 올라가 놀던 나무이다. 먹띠알 같이 익은 열매가 떨어지면 주워 입에 넣고 깨물기도 했다. 그 떨떠름한 맛이 느껴지는 듯하다. 오랫동안 우거진 숲에 가려져 팽나무 군락지가 있는 것을 몰랐다가 최근에야 발견돼 관광지로 조성되었다는 말을 곁들였다.

"거기 서 봐, 그림 좋다."

우리 부부를 세워 놓고 카메라 셔터를 누르며 한 쪽 눈을 찡긋하는 친구의 모습이 푸르고 높은 하늘만큼이

나 맑고도 밝다. 따스한 정을 마음에 안고 돌아오는 길
이 참 훈훈하다. 철철 넘치게 받아 온 인정 보따리를 나
는 하루 밤도 못 넘기고 순임이를 불러 나누겠지.

우리 사회 현실을 개탄하며

    자연이 예술이다. 인간의 예술창작 행위는 자연을 베끼는 것에 불과하다. 자연처럼 위대한 예술품은 없다. 인공이 가미된 곳은 어디나 인위적인 냄새가 나 자연스러움에서 멀어지기 때문이다. 조경을 잘해놓은 정원을 멋지다고들 한다. 사람이 좋아하는 시선과 입맛대로 자르고 뒤틀고 한 조경물이 좋아 보이지 않는 나는 아직도 원시를 동경하는 사람인지 모르겠다. 그 태곳적 신비와 신성함이 좋은 것이다. 처음이라는 말이 좋은 이유도 한 가지다.

    어쩌다가 악마의 기질이 사회 도처에서 물의를 일으키고 있는지 소름이 돋는다. 신 약육강식이 인간세계에서 자행되고 있다. 연민이나 불쌍한 마음, 긍휼과 자비는 활자 속에 잠들었는가. 죽어가는 동식물만 보아도 안타까운데 동료와 친구가 눈앞에서 죽어가도 더 심한 가혹행위를 가하는 사람이기를 포기한 사람은 누구인가? 그들은 누구의 자식인가? 어쩌다가 사람의 심성이 이 지경이 되었단 말인가. 인명경시 풍조가 대한민국을 떠들썩하게 하여 가슴이 아프다. 사람이 동물과 무엇이 다른가? 무엇이 달라야 하는가? 모두가 앎에서 그치고 있는가?

민의는 외면하고 일부 세력에 의해 좌지우지되는 정체성마저도 불투명한 정치권에도 신물이 난다. 나라경제가 살아야 서민경제도 나아질 텐데, 경제법안 심의조차 거부한다는 국회의원은 어느 나라 사람인가. 제발 당리당략을 버리고 민의를 수렴하여 국민을 위한 정치를 해주었으면 좋겠다. 그래야 피땀 어린 국민의 세금을 받아 살아가는 자신들의 체면이 서지 않겠는가. 일도 안 하고 무슨 월급을 받아 살려는지 부끄럽지도 않는가 말이다. 힘든 노동의 대가를 받아 살아가는 서민에게는 택도 없는 행태다. 국가적인 대의를 위해선 중지를 모아 정부와 국민의 편에 서 주고, 대안이나 균형을 이루어야 할 부분에선 발전적인 목소리를 내면 될 터인데, 가뜩이나 세월호 사건 후 더 어려워진 경제가 피부에 와 닿는 데도 앞으로 나아가지 못하고 있으니 이 무슨 병폐인가? 정신들 차렸으면 좋겠다. 해결 방법은 딱 한 가지다. 어떤 세력에도 흔들리지 말고 대다수 국민을 위한 것인지 아닌지만 스스로에게 물어 결정하라. 국민들이 왜 나를 국회로 보내주었는지 가슴에 손을 얹고 생각해 보라. 제발 국민이 정치권을 긍정하는 나라로 만들어 주길 바란다.

　사람이 왜 사는지, 철학적 물음이 개입하지 않더라도 우린 사람답게 살자. 무엇이 사람답게 사는 것인지 성찰하며 살자. 국가 개조는 자기 개조부터 시작되어야 한다. 개개인의 의식이 달라지는 자기 혁신이 없으면 진정한 국가 개조도 이루어지지 않는다. 인명경시 풍조, 급하고 다혈질적인 성격, 논리보다는 목소리가 큰 사람이 이긴다는 잘못된 풍토와 더불어 거듭나야 할 부분이 많다. 청소년 시절부터 입시에만 매달리게 하지 말고 인성 교육을 바로 시켜야 사회가 밝아진다. 이 나라의 미래가 달려 있다. 가랑비에 옷이 젖는다. 학생들에게 매 수업 전 단 5분만이라도 사람이 지녀야 할 참되고 올바른 인성을 각인시켜 주는 교육 풍토를 조성해 가기 바란다. 나만 괜찮으면 된다는 안이한 생각에서 더불어 괜찮아야 하는 공동체적 입장까지 고려하고, 나의 유익보다는 상대방의 유익까지 생각하는 좀 더 성숙한 데까지 나아갔으면 좋겠다. 헤드라인에서 훈훈한 미담이 자주 눈에 띄기를 바란다.

예찬이 서울대공원 나들이

손자 예찬이와 서울대공원으로 나들이를 했어요. 조류독감으로 닫아두었던 동물원을 첫 개방하는 날이었어요. 아침부터 김밥을 싸느라 분주했지만 예찬이와 놀러간다는 생각에 얼마나 기쁜지요. 김치를 잘게 썰어 볶고, 참치와 기본재료를 넣고 싼 김밥이 맛있다고 해서 기분이 좋았어요. 예찬이 김밥은 치즈를 넣었어요. 일찍 나섰는지 준비를 채 마치기도 전에 며느리와 예찬이가 도착했지 뭐예요.

평일이라 대공원 주차장은 한가했어요. 바람이 불긴 했지만 다행히 햇살이 온화하여 춥진 않았어요. 예찬인 세 살이예요. 기린을 처음 보는 예찬이는, 자기보다 몇 배나 큰 기린을 보고 "아유 귀여워! 아유 귀여워!"를 연발합니다. 코끼리를 보고도 귀엽다 하고요. 아마도 다른 사람이 자기에게 귀엽다고 말한 것을 배운 것이 겠지요. 덩치가 큰 동물들에게 귀엽다고 말하는 예찬이가 어찌나 귀엽던지 꼭 깨물고 싶었어요. 걷다가 힘들면 유모차를 타기도 하고 안기기도 했어요. 그동안 단어와 어휘력이 얼마나 늘었는지 몰라요.

"밖에 좋아"라고 자기표현을 하고 동물들이 밥을 먹는 것을 보고 "잘 먹네, 잘 먹네." 하는 거예요.

저녁엔 관악산 입구 낙지전문 음식점에 갔는데, 동물에 정신이 팔려 점심을 소홀히 한 예찬이가 식탁 앞에 앉아 자꾸 "아줌마 예찬이 꺼."라고 자기 앞의 상을 가리켰어요. 자기가 먹을 밥을 갖다 달라는 주문이었어요. 예찬이는 돈까스를 먹고 우린 연포탕을 먹었어요. 산낙지를 뜨거운 물에 잠수시키는데 몸을 배배 꼬는 모습을 보니 생명에게 미안키도 하고, 그래도 맛있게 잘 먹었어요. 밥을 열심히 먹던 예찬이가 배가 부른지 일어나 창가에 앉은 아저씨께 다가가더니 "아저씨, 잠깐만요." 하며 창문을 내다보겠다고 양해를 구하는 거예요. 녀석이 제대로 배우고 있는 것 같아 흐뭇했어요.

하루를 예찬이와 함께 하고 있으니 세상 부러운 것이 없더라고요. 자꾸 보고 싶어도 어머니가 계셔서 가지 못하고 끙끙거리고 있던 내 마음을 헤아린 며느리가 고마웠어요. 오지 않아도 할 수 없는 거잖아요. 행복은 바로 곁에 있더라고요. 서로 배려해주는 마음에 있는 것이고요. 고운 봄볕 아래서 즐거운 시간을 보냈어요. 예찬아 또 만나자.

인간, 존재, 자연, 원형을 감상하다

붉게 익은 산빛은 사람들의 감성에도 불을 놓고 싶어 지나보다. 계절이 주는 문화에 대한 갈망 내지는 욕구가 분출함을 느낀다. 일상이 분주하다는 핑계로 문학을 제외한 문화생활을 소홀히 한 탓일 게다. 특별한 전시가 없으면 주변만 둘러보고 오던 국립현대미술관에 오늘은 전시 안내도 확인하지 않고 무엇에 이끌리듯 자동차를 운전해 들어갔다. 미술관 입구 주차장은 만차라서 자연캠프장 쪽에 차를 세웠다. 차를 세운 곳은 지난겨울 소나무에 눈꽃 피는 모습을 오래 바라보던 곳이다.

미술관에는 기획전시는 이미 끝나고 상설전시만 하였다. 인간과 존재, 자연과 원형에 관한 작품들이 전시되고 있다. 인간과 존재에서는 대중사회 속의 일상적 자기존재 탐구가 관심사였다. 도심 속의 군중 또는 군중과

개인의 관계를 다루고 있는 방병상이며 이석주, 곽덕준 작품들이다.

눈길을 끌었던 작품은 곽덕준의 '무의미 시리즈' 중 수많은 사각형 속에 갇힌 한 인물을 고집스럽게 반복하고 있는 그림인데, 파트리크 쥐스킨트의 《좀머씨 이야기》에 나오는 남자의 이미지를 떠올리게 했다. 반복되는 일상에서 끊임없이 떠나고 싶어하지만 주어진 틀 안에서 결코 자유롭지 못하는, 현대사회 가정을 책임지고 있는 가장의 고뇌어린 모습까지 볼 수 있었다. 마주치는 사물을 통해 생각이나 꿈을 유추하게 한 그림이다.

'그림자, 한 줄기 바람 되어' 라는 차규선의 작품은 시적인 제목만큼이나 정서에 맞는 서정적인 작품이다. 일상적 풍경인 나뭇잎들을 그림자에서 느껴지는 허상과 환영처럼 보여지는 기법으로 흑연을 주재료로 하여 그린 후 한지를 한 겹 덮었다.

추상화가인 김호득의 '점'은 수만 개의 점이 각기 모양을 달리하며 시간의 흐름과 떨림을 표현한 여백이 돋보이는 작품이다.

가느다란 구리선으로 나뭇잎을 제작한 정광호의 '잎으로부터 1, 2'는 비조각의 조각이다. 일상적으로 조각작품이라함은 나무나 돌을 깎고 다듬어 모양을 만드는 것인데 이 작품은 달랐다. 하나의 선으로 시간성과 과정상을 보여주는데 전등의 불빛이 작품을 비춤으로 빛을 통한 그림자까지 아름답고 정교한 작품이다.

하상림의 '꽃'은 존재에 대한 영원성을 간결하고 은은하게, 그러나 은은한 색상에 화려한 펄이 들어가 꽃의 화려함을 은근히 드러낸 작품이다. 이 화가의 꽃그림은 아트 마케팅에서도 성공해 디오스 냉장고의 꽃그림으로 사용되었다고 한다. 꽃이 아름다운 것은 금방 시들기 때문이라고 했던가? 찰나의 아름다움을 작품화시켰다.

윤명로의 얼레짓은 작가의 마음을 감고 푼 일필휘지이며 무심과 허심이 느껴지는 작품으로 보였다. 그림을 두고도 동양에서는 '그린다'라고 하는 반면 서양에서는 '칠한다'라고 한다.

또 하나의 인상적인 그림은 최광호의 '가족'이란 작품인데 밝은 면은 전혀 볼 수 없는 흐릿하면서도 검은색을 부각시켜 어둡고 무거웠다. 그의 작품은 죽음에 대한 이미지였다. 물에 빠져 죽은 동생과 돌아가신 어머니를 그린 것으로 화가의 가시지 않는 내면의 아픔과 슬픔이 그대로 그림에 이입된 것 같았다.

한국 근, 현대 드로잉전은 우리에게 친숙한 박수근과 이중섭, 김환기의 작품이다. 드로잉이란 창작을 위한 예비과정에서 작가가 대상을 파악하고 새로운 개념을 발견해내는 수단으로 활용되어왔는데, 현대미술에 와서는 작가의 살아있는 감정을 반영한다는 점에서 새롭게 인식하게 되었다. 아주 편안하게 자신의 생각을 낙서하듯 사물을 그린 것 같았다. 언젠가 내가 호수를 바라보며 차를 마시다가 수첩에 호수 맞은편 나무와 정자를 간단하게 스케치했던 것처럼 소품들이었다.

모든 장르의 예술 작품이 작가의 사물에 대한 인식이나 사유의 깊이에 따라 달라진다. 작가 자신의 삶이나 처한 환경에 영향을 받기도 할 것이다. 감상하는 사람도 마찬가지다. 그래서 다양한 작품이 탄생하고 공감을 주는 것이다.

사람과 사람 사이, 자연과 사람 사이의 연결고리를 통한 시간의 영원성과 지속성을 그린 열정적인 작가정신이 담긴 작품들을 관람하였다. 자연은 영원하다. 나고 지고, 다시 피고 순환의 연속이기 때문이다. 모든 작품은 독자에게서 다양한 모습으로 다시 태어나고 해석되어진다. 어떤 해설이나 평가가 나온다 할지라도 관람자의 몫으로 남는다.

모란이 피다

초록의 꽃받침을 살몃 밀치고 붉은 꽃몽아리가 터진다. 소녀의 초경이 연상된다. 드디어 꽃잎을 화들짝 열었다. 부귀를 상징하는 모란이 꽃 자주빛 실크 드레스를 입은 여왕의 우아한 자태를 드러냈다. 향기도 고급스러워 범접하기 어려운 기품을 자아낸다. 우화소설인 '화왕계'에서는 모란이 꽃 중의 여왕으로 등장한다. 고향 집 아랫목 횃댓보에도 모란이 수놓아져 잠들기 전에 꽃잎을 헤아리곤 했다.

골목을 밝힌 꽃불 앞에서 자주 서성거린다. 아침에는 빗방울이 모란의 속살을 건드리자 가만히 꽃송이를 오므린다. 그 모습이 요조숙녀 같아 찬찬히 살펴본다. 맨살에 빗방울이 닿아 간지러워서일까? 아님, 원시림인 자신의 몸에 외부의 침입을 허용하지 않는다는 뜻일까? 꽃이 몸을 움츠리며 감정을 표현하다니 경이로운 순간이다.

　"모란이 뚝뚝 떨어져버린 날 / 나는 비로소 봄을 여읜 설움에 잠길테요 // 오월 어느 날 그 하루 무덥던 날 /"

　시인의 봄을 잃은 슬픔이 내게로 전이될까 두려워 모란이 오래 피어주기를 바라며 시선을 거두지 못한다. 모란의 고혹적인 향기가 온종일 나의 정신을 흔드는 날, 오월의 햇살은 풀잎 위에 놀고 있다.

눈 오는 날의 기다림

날이 몹시 추웠다. 주머니에 손을 넣으니 손가락 두 개가 불쑥 나온다. 구멍이 났나 보다. 선 채로 동동 거려 보지만 손발이 시려오고 볼이 얼얼하다. 계란 두 꾸러미와 잡곡을 머리에 이고 이십 리 걸어 읍내 오일장에 가신 엄마는 아직 오시지 않는다.

철웅이 오빠네 사랑채 뒤 처마 밑에 서면 넓게 펼쳐진 윗들과 웃동네 방죽까지 희미하게 보인다. 내 눈은 벌써 읍내에서 돌아오는 길목인 방죽가 옹기구이 집 담장에 걸려있다.

바람에 제멋대로 휘날리는 눈은 하늘에서 내려오는지 땅에서 올라오는지 구분할 수 없이 몰려오고 기다림은 처마 밑 고드름처럼 쑥쑥 키가 자란다. 윗들 논 가운데 쯤 오시면 냅다 뛸 것인데, 기다리는 엄마는 안 오시고 눈이 와 신바람이 난 누렁이만 길인지 논인지 모르고 잠방거리다 저 하는 모양을 칭찬이라도 해 달라는 것처럼 내 앞에 와 벌러덩 누워 재롱을 떤다.

눈송이가 점점 더 굵어지더니 논에 쌓아 둔 큰 볏짚이 눈 속에 갇힌 집 모양이 되었다. 미순이가 아직 집에 가지 않았다면 술래잡기하기 딱 좋은 때다. 내가 잘 숨는 볏짚 속에 들어가 있고 지금처럼 때 맞춰 눈이 덮여 준다면 나를 찾는데 귀신인 미숙이도 절대 찾을 수 없겠지. 그러나 그런 생각도 잠시, 배는 고프고 엄마는 오시지 않고….

집으로 들어왔다. 아랫목에 손을 쑤욱 넣었다. 아침에 지핀 불에 아랫목이 아직까지 따뜻할 리 없다. 이불을 푹 뒤집어쓰고 있는 양은 밥통도 차다. 배는 고픈데 밥은 먹기 싫고 윤기가 반지르한 검은 무쇠솥 뚜껑을 열어본다. 불어터진 밥알갱이 물과 섞여 동동 떠있다. 양은 국솥을 여니 밥알이 붙어 있는 고구마 몇 개 양재기에 담겨 있다. 엄마는 아신다. 배고프면 솥뚜껑을 열어보는 버릇이 내게 있음을. 싱건지 항아리에서 내 팔뚝만 한 무수 하나를 꺼냈다. 고구마 한 입, 무수 한 입, 맛있게 먹었다. 엄만 왜 아직 안 오시는 거야? 봉창으로 내다보는 앞마당 거름자리엔 눈이 수북하다.

돼지울 옆 발가벗고 서 있는 오동나무와 토담 곁 대추나무와 볏짚을 엮어 올린 토담 위에도 눈이 쌓여가는데 해거름이 지나도록 오시지 않아 밉던 엄마가 이제 슬슬 걱정이 된다. 혹시 눈이 많이 와서 길이 막혀 못 오시면 어쩌나…. 뒤안 대숲에선 눈의 무게를 견디지 못하고 휘청거리는 대나무 소리가 들려온다.

다른 날 같으면 아랫들에서 썰매 타고 놀 생각에 눈이 그치기만 기다리며 턱 고이고 앉아 봉창만 내다 볼 텐데, 오늘은 오빠가 만들어 준 썰매를 타고 놀 생각도 즐겁지가 않다. 오빠는 종일 어디 갔을까? 엄마와 약속이나 한 것처럼 오지 않는 오빠도 밉고 눈꺼풀은 자꾸만 내려오는데 엄마가 사 오신다던 내 까치 고무신은 어디쯤 오고 있을까. 비린 것 좋아한다고 갈치 사다 무 넣고 지져준다 하셨는데 잊어버리지 않으셨는지 모올라…. 모올라아….

(꿈을 꾸었다. 눈이 펑펑 오는데 내 까치고무신은 오동나무에 걸려 있고 나무 위로 까치 두 마리 날으는. 내 까치 고오무시인!!)

잠결에 엄마가 깨우는 소리에 일어났다. 갈치 지지는

맛있는 냄새도 코끝을 간지럽힌다.

"아야, 저녁 묵고 자그라잉, 일찍 온다는 것이 늦었다
야. 근디 왠일이다냐? 안하던 잠꼬대를 다하고.
꿈에서 고무신 봤냐? 여깃다, 니 고무신!"

세상에나 까치는 어디로 다 날아가고 빨주노초파남보
내 까치 고무신!

PART 2
사랑하며 삽시다

지구와 인간의 공생관계

지구가 많이 아픈가보다. 기온을 예측할 수가 없다. 한 차례 추위로 겨울인가 싶더니 며칠은 또 봄날처럼 따듯하다. 마트에 다녀오는 길에 라일락 나무가 눈길을 끈다. 잎을 떨군 지 얼마 안 된 나목에 초록빛 꽃눈이 도드라져 있었다. 여린 꽃눈이 엄동의 계절을 어떻게 버틸 것인가. 이제 겨울 초입인데 봄인 줄 착각하는 나목이 안쓰럽기까지 하다. 언제부터인지 식물들이 계절을 혼동하여 한겨울에 꽃을 피우는 일이 다반사다.

생명체인 지구와 인간은 공생관계라 할 수 있다. 무분별한 벌목으로 급속도로 숲이 사라지고 종種의 대량 소멸로 생태계의 균형마저 무너졌다. 그뿐인가. 과학의 발달과 급격한 산업화로 인한 전자기기들이 방출하는 이산화탄소와 프레온가스가 우리 생활 깊숙이 침투해 있다. 지구의 허파 역할을 하는 숲과 늪지는 사라지고, 기하급수적으로 늘어나는 공해와 유해물질을 수용하지 못해 지구는 몸살을 앓다가 자정력의 한계에 부딪힌 것이다. 그 결과 무서운 자연재해를 우리에게 돌려주고 인명피해와 재산손실도 천문학적인 수치를 보이고 있다.

　세계 여러 환경보호단체에서는 지구환경의 중요성에 목소리를 높이고 있지만 개개인이 인식하는 수준은 아직도 미미하다. 편리한 문명을 누리는 데만 익숙해져 조금의 불편도 감수하지 않으려는 게 현대인들이다. 편한 만큼 우리가 치러야 할 대가도 크다는 것을 잊지 말아야 한다. 개인이 지켜야 할 것과 기업과 우리사회 모두가 지켜야 할 지구 살리기의 구체적인 실천방안 모색이 시급하다. 각 가정에서 실천할 수 있는 지구환경 보호수칙을 정기적으로 환기시켜 주어야 할 시점이다. 앓고 있는 지구와 우리 자신을 위해 얼마큼 불편은 감수하며 살아야 신음하는 지구와 함께 공멸하지 않을 것이기 때문이다.

　정보통신의 발달로 지구 모퉁이에서 일어난 일을 실시간으로 알 수 있는 세상이다. 어릴 땐 라디오 하나면 세상 밖 소식이 궁금하지 않았다. 청량음료처럼 톡 쏘던 겨울 동치미 국물 맛, 시오리 길을 걸으면서도 힘든 줄 몰랐고 자동차, 냉장고가 없어도 불편이 없었던 느긋한 시절이 있었다. 그때는 많은 것이 필요 없었다. 청정한 자연에서 뛰놀던 그 시절로 돌아가고 싶은 날이다.

퓨전도 퓨전 나름

　요즘 거리를 나서면 퓨전이란 글을 자주 볼 수 있다. 퓨전 사고가 음악이나 건축, 음식과 다양한 곳에 영향력을 미치고 있다. 오래 전부터 전시해오던 시와 그림의 만남도 그것의 한 형태라고 할 수 있겠다.

　'그림, 문학을 그리다' 란 주제의 전시회를 다녀왔다. 독특한 작품을 그리는 화가들의 그림과 문단의 중견 작가들의 시와 소설, 산문이 전시되고 있었다. 지난 2월에도 화가와 시인들의 작품이 시화전 형태로 세종문화회관에서 전시된 적이 있었다. 대다수의 시가 화려하고 현란한 그림에 압도되어 시가 가진 고유의 멋과 맛을 제대로 느낄 수 없었다. 그림은 그림 자체로 상상력의 나래를 마음껏 펼칠 수 있다. 작가의 손을 떠난 글 또한 독자에게서 읽혀지며 작가가 의도하는 글쓰기보다 더 깊고 다양한 해석을 만들어 내기도 한다.

시화전을 감상할 때마다 느낀다. 그림이 들려주는 이야기에 마음의 귀를 기울이다 보면 글을 놓치게 되고 그림에 글을 맞추어 해석하다 보면 양쪽 작품을 감상하는데 혼선을 빚어 깊이가 줄어들게 된다. 아울러 글을 그림에 맞추어 감상하는 것도 하나의 프레임을 만들 가능성이 있다. 상호 보완으로 의미가 풍성해지리란 생각을 할 수도 있겠으나 그림과 글은 따로 전시하는 것이 더 차분하고 깊이 있게 감상할 수 있을 것이란 생각이다. 꼭 그림을 삽입한다면 담백한 묵화 정도면 좋겠다. 혹자는 제 생각과 다른 의견을 가질 수도 있겠으나 같은 것을 바라보는 시선이나 감상이 누구나 같지는 않으니 자유롭게 말하는 것이다.

동행한 작가는 그림에 맞는 글을 찾아 전시한 것이라 했고 나는 화가에게 글을 주고 글에 맞는 그림을 선택해달라고 한 것이라고 추론을 해보았다. 왜냐하면, 유명 화가들의 작품은 인터넷을 통해서 이미 오래 전 감상했기 때문이다. 감상을 마치고 안내하는 분께 물으니 잘 알지 못해서 두 가지의 추론이 맞는 것 같다고 우리만의 결론을 내렸다.

마지막으로 입구에 전시된 시에 오자가 있으니 수정

해서 전시하라고 알려주었다. 사람이나 다른 무엇이든 첫 인상이 중요하다는 것은 맞는 말이다. 첫 작품을 감상하면서 오자가 있어서 그렇고 그런 전시회인가보다 했다. 그런데 안으로 들어가 보니 중견 작가들의 주옥같은 시와 글들이 걸려 있었다. 어떤 글도 물론이려니와 절제와 함축의 미학인 시는 단어나 조사, 접속어 하나가 전혀 다른 의미를 가져온다. 작품마다에 주의를 기울여 오자가 없이 잘 전시해야 함은 당연한 일이며 작품을 출품한 작가에 대한 예의이기도 하다.

시와 그림, 오늘 같은 경우에는 각각 따로 전시되어 작품 고유의 맛을 제대로 감상할 수 있었으면 좋겠다.

예찬이가 세 돌

예찬이가 벌써 세 돌이다. 미리 모여 가족식사를 하며 생일을 축하해 주었다. 그동안 어린이집에서 배운 노래와 춤을 춰보라고 해도 쑥스러워하더니 세 돌 값을 하는지 춤을 추는데 깜짝 놀랐다. 울랄라랄라를 반복하는 노래로 옆으로 흔들며 추는 춤인데, 마무리 인사까지 정중하게 하는 거였다. 얼굴이 붉게 달아올랐는데도 잠깐 쉬었다 다시 하기를 예닐곱 번, 전혀 힘든 기색이 없다. 숫자를 25번까지 말하는 기염을 토하고, 어린이집 슬기반, 지혜반이 몇 명이냐고 묻자 손가락을 꼽으며 재빨리 답하는데 어멈이 정확하게 맞췄다고 한다. 슬기 반은 하나, 둘 셋, 넷, 다섯, 지혜 반은 하나, 둘, 셋, 넷, 몇 번을 물어도 같은 답을 하고 친구의 이름도 세희와 재희 발음을 정확히 구분하기도 했다.

기분이 좋은지 가족 모두에게 뽀뽀를 해주고, 혼잣말도 하며 즐거워하는 예찬이가 볼수록 사랑스럽다. 요즘 유아들에게 타요 시리즈가 인기라고 한다. 스티커를 통해 학습하는 교재인데 예찬이를 주려고 타요 한글공부와 수학공부, 색칠놀이와 스티커 북을 선물로 준비했다. 케이크 커팅을 한 후 좋아하는 타요 초콜릿 케이크를 먹지도 않고 건네준 책을 살펴본다. 책장이 한 장 더 넘어가면 다시 되돌아가서 꼼꼼히 보는 예찬이가 기특하다. 세 돌을 맞아 가족들 앞에서 마음껏 재롱을 떠는 예찬이에게 여자 친구인 세희가 좋아? 하은이가 좋아? 물으면 어어어어 하며 딴청을 부리는 거다. 녀석 참, 여자 친구 이야기가 쑥스러운 것인가.

웃을 일 그닥 없는데 손자가 태어나 자주 웃게 되니 얼마나 감사한가. 4월이면 예찬이 동생이 탄생한다. 태명이 사랑이인 둘째도 아들이다. 내가 아들만 둘 키워 예쁜 손녀 한 명 주시라고 기도했는데, 생명의 주인이신 하나님이 하시는 일이니 이도 저도 감사하다. 사랑이는 또 어떤 아이인지 기다려진다. 며느리에게 또 아들을 가졌다고 하면 서운해할까봐 아들이 카톡을 보내왔다. 예찬이에게는 같은 남자 형제가 좋을 것 같다며 잘했다고 해주라나, 참 자상도 하다. 아내를 얼마나 위하는지 화목한 가정을 이루고 살아 보기 좋다. 예찬이가 가까이 살면 자주 볼 텐데 가족 행사에서 만나고 영상통화를 하니 그것으로 위안을 삼아야 할 테다. 다행히 자주 안 봐도 예찬인 할아버지, 할머니를 잘 따른다.

　손주 생각을 하면 얼굴에 미소꽃이 피어난다. 자기 논에 물들어 가는 것과 자식 입에 밥 들어가는 것이 배부르다는데, 이젠 손자 입에 밥 들어가는 것이 최고로 배부르다. 예찬이가 식성이 좋아 가리는 것이 많지 않고 잘 먹어 감사하다. 잘 먹는 아이는 체력이 좋다. 지난여름 축구를 한 시간이나 해도 지치지 않았다. 잘 먹고 잘 놀고 신중하기도 하고, 명석한 것 같고, 또 팔출불 발동이다. 예찬이만 봐도 감사할 일이 넘친다. 내년에는 유치원에 들어간다고 기도해 달란다. 내 나이 먹는 것 생각지 못하고 아이 자라는 것만 빠른 것 같다. 손자가 이렇듯 기쁨을 선사해주다니, 사람 사는 일 특별한 게 없다. 가족이 화목하고 건강하면 행복한 것이다. 담장을 넘는 웃음소리가 그 증거다. 가화만사성家和萬事成이라 하지 않던가.

사랑하며 삽시다

버클리대학 연구팀이 재미있는 실험을 했다.

세 종류의 흰 쥐에게 먹이를 주었다. 먼저 한 마리에게는 실컷 먹도록 해주었다. 그다음 다섯 마리 쥐를 한꺼번에 모아놓고 서로 몸을 비벼가면서 먹도록 했다. 마지막 쥐는 애정을 가지고 정성스럽게 떠먹여 주었다. 그결과 첫 번째 쥐는 6백 일을 살다 죽었고 두 번째 다섯마리가 함께 먹던 쥐는 7백 일을, 세 번째 쥐는 9백 50일을 살았다. 원인을 조사한 결과 사랑을 받고 자란 쥐는 다른 쥐가 받지 못한 사랑의 에너지가 몸에 들어가 뇌세포의 성장 호르몬 생성을 자극하여 뇌세포가 증식되었음이 밝혀졌다. 사랑의 에너지는 말 못 하는 짐승에게도 생명의 연장을 가져온 것이다.

일본의 파동학자 에모도 마사로의 《물은 답을 알고 있다》라는 책에서는 물도 사랑에 반응한다는 것을 증명한다. '너를 죽여 버리겠다'고 저주하면 물의 결정체가 흉하게 깨어져 형편없이 되었고 '고맙다, 감사하다.'라고 긍정적인 말을 하면 결정체가 아름다운 육각수를 이루었으며, '나는 너를 사랑해'라고 말하면 물은 아름다운 결정체로 부드럽게 바뀌고 파장이 규칙적으로 굴곡을 이루었다고 한다. 그것은 사랑의 주파수가 물에 영향을 미치기 때문이다. 우리나라에도 물을 실험한 책이 나온 걸로 알고 있다. 물도 사랑을 받으면 활기차고 아름다워지고 미움을 받으면 결정체가 무너진다고 하는데, 인체의 70퍼센트가 물로 되어 있는 우리가 미워하고 분노하고 심한 욕을 하거나 들으면 체내의 물은 어떤 형태가 되겠는가 생각만 해도 끔찍하다. 사랑과 칭찬과 격려의 말은 해도 되고 안 해도 되는 것이 아닌 생명과 직결되는 것이니 실천해야 한다.

살아있는 모든 것들은 사랑을 필요로 한다. 사람은 물론이거니와 말 못하는 동물이나 식물도 사랑과 칭찬이 필요하다. 사랑과 칭찬은 신이 내린 최고의 선물이다.

바보온달을 온달장군으로 만든 것도 평강공주의 사랑

과 애정 어린 칭찬이요, 말을 못하고 보고 듣지도 못한 헬렌 켈러도 설리반 선생님의 칭찬과 격려와 헌신적인 사랑이 만들어 낸 결과이다. 삶에 지쳐 있을 때 칭찬 한마디는 새 힘과 용기를 준다. 해맑게 웃는 모습, 따듯한 칭찬 한마디가 살맛나는 세상을 만들어 주는 것은 당연하다.

웃음 치료 학자로 유명한 의사인 노먼 카슨은 척추병 환자가 현대의학의 모든 방법을 다 동원해도 조금도 진전을 보이지 않자, 환자에게 집에 가서 실컷 웃으라고 했다. 환자는 그것이 처방인 줄 알고 의사의 말대로 몇 주 동안 계속 웃기만 했더니 기적적으로 병이 나았다 한다. 웃을 때 엔돌핀이 가장 많이 나와 질병을 이기는 세포가 형성된다고 한다. 암세포는 웃음을 싫어한다는 사실도 의학적으로 밝혀진 바 있다. 사랑과 칭찬과 격려의 말 뒤에는 언제나 웃음이 수반된다.

어려운 경기로 어깨가 처져있는 남편이나 아내에게 사랑을 듬뿍 담아 칭찬으로 감동을 선물하자. '여보, 힘내세요.' '당신 참 멋져요.' '당신은 변함없이 곱고 예쁘네.' 아내의 감동을 주는 말 한 마디가 남편에게 힘과 용기를 주며, 남편의 칭찬 한 마디에 저녁밥상이 달라질 것이다. 가족과 이웃과 모든 관계 속에서 사랑과 칭찬과 격려의 말을 많이 하면서 살도록 노력하자. 이것은 부메랑이 되어 돌아올 것이다. 사람이 무엇을 심던지 심은 대로 거두게 된다.

농부가 밭에 녹두를 심어 놓고 팥을, 조를 심어놓고 참깨를 거두려는 사람은 아무도 없다. 사랑을 심으면 사랑을 거두고 미움과 원망, 불평을 심으면 그 또한 심은 것을 거두기 마련이다. 좋은 습관은 우리 삶의 모든 영역에서 우리에게 영향을 미친다. 요즘 내 의식 속에서 맴도는 말이 있다. '그럴 수도 있지'이다. 나 자신 부족한 부분이 많음을 알고 있기에 이해의 폭을 좀 더 넓혀가며 살아가려는 의도에서 생각해 낸 말이다.

사소한 일로 소원해진 친구에게 오늘은 사랑을 담은 목소리로 먼저 전화를 해야겠다.

느림의 미학

가을이면 덕수궁 돌담길을 한 번 쯤은 거닐고 싶다. 은행잎이 사락사락 떨어지는 그 길의 추억을 잊지 못한 까닭이기도 하다. 겨울 끝자락에야 가까이 계시는 지인 몇 분과 '새봄맞이 고궁 나들이'에 나섰다. 지난겨울은 유난히 눈이 많이 오고 춥고 길었다. 봄은 아직도 잔설 아래서 호호 언 볼 녹이며 추위가 손 흔들어 작별 인사 해주길 애타게 기다리고 있을 것이다. 두꺼운 외투와 장갑까지 끼고 나서는 길이지만, 새봄맞이라는 타이틀 때문인지 통통 튀는 물방울처럼 발걸음이 경쾌하기만 했다.

파리 오르세 미술관 한국 전시를 오래 하게 되어 원작을 감상할 수 있는 기회가 내게도 주어져 퍽 다행이다. 19세기 미술의 보고인 오르세 미술관의 소장품이

처음으로 한국 나들이를 왔다. 교과서를 통해 보았던 마네와 모네, 르누와르와 세잔느, 반고흐로 이어지는 인상파 거장들의 근대 미술품들이 오랜 세월 보존이 잘 되어 있음에 놀라웠고, 원작 앞에 서니 진한 감동에 가슴이 떨려왔다. 그 중에서도 사실주의와 자연주의 작가로 널리 알려진 밀레의 걸작인 '이삭줍기'와 '만종'을 보면 늘 떠오르는 이미지가 있다. 이번 전시회에 '만종'은 없었다. '이삭줍기'를 볼 때면 성서 '룻기'의 그림이 그려진다. 홀로 된 며느리 룻이 시어머니 나오미와 어려운 생활고를 해결하느라 이삭을 주워 봉양하며 시어머니 곁을 절대 떠나지 않겠다는 맹세의 말을 잊을 수가 없다.

"어머니께서 가시는 곳에 나도 가고 어머니께서 유숙하시는 곳에 나도 유숙하겠나이다. 어머니의 백성이 나의 백성이 되고 어머니의 하나님이 나의 하나님이 되시리니 어머니께서 죽으시는 곳에서 나도 죽어 거기 장사될 것이라." (룻기1 : 16 – 17)

효부 룻의 말이 오늘날 핵가족화로 인한 여러 부작용을 낳고 있는 우리사회에 시사하는 바가 크다. 이런저

런 이유로 부모님을 자주 뵙지 못하는 것은 효의 실
천을 제대로 하지 못하고 있는 것이나 마찬가지다. 물론
여러 사정으로 그렇게 하지 못하는 자식들의 마음이 편
할 리는 없다. 밀레의 그림 앞을 떠나지 못하고 상념에
잠겨있는데 먼저 관람을 마치고 기다리던 일행 중 한 분
이 곁에 와 살며시 손을 잡는다. 미술관 앞에서 기념 촬
영을 하고 '궁중유물전'을 돌아보았다. 여러 왕이 나라
를 치리할 때 세운 공적이나 유물들이 한 눈에 알아 볼
수 있게 도표로 나와 있고, 정조와 선조, 왕들의 친필도
볼 수 있어 학생들의 역사공부에 도움이 될 수 있게 전
시되어 있었다. 태, 정, 태, 세, 문, 단, 세… 왕의 계보
를 암기하던 시절이 그립다. 덕수궁 안길은 얼음이 녹지
않아 미끄러웠다. 이따금 단체 관람온 외국인들과 얇은
드레스를 입고 웨딩촬영을 나온 신부가 몸을 움츠린 채
걷는다.

오늘 식사하기로 한 인사동으로 장소를 옮겼다. 모시
발이 예쁘게 드리워지고 투박한 오지항아리에 꽂혀 있
는 매화가 살포시 웃고 있는 창 넓은 한식집에는 벌써
봄이 와 있었다. 식사 내내 국악 선율이 잔잔하게 들려
와 고즈넉하고 예스런 분위기에 젖어 시간이 흐름을 개
의치 않았다. 다들 일인다역의 바쁜 일상인지라, 이렇듯

시간을 의식하지 않고 망중한을 즐기기란 쉽지 않다.

　그렇다. 급변하는 시대라고 나 자신 너무 빨리 빨리에 익숙하지 않았나 돌아볼 일이다. 소중하고 아름다운 일에 머무를 줄 아는 여유도 필요한데…. 일전의 모 일간지에 실린 어느 외국인의 말이 생각난다. 한국 사람들은 빨리 빨리가 일상화되어 있다며 모든 일에 조급함을 꼬집었다. 급할수록 돌아가라는 말이 있다. 바쁘다고 앞만 보고 달리지 말자. 가끔은 뒤도 돌아보고 주위도 둘러보는 차분함의 여유를 가져보자. 사랑과 이해와 관심의 폭이 더욱 넓어지리란 생각이다. 모처럼의 나들이에서 한 템포 느림의 여유를 배웠다. 느림, 그 아름다운 미학을.

현대판 고려장

　우리나라도 고령화 사회로 접어든 지 오래다. 그러다 보니 양로원과 노인부양시설이 늘어간다. 거기에 필요한 사회복지교육이 필수 학문으로 자리를 잡은 지도 오래다. 수요에 따라 공급이 이루어지는 이치이니 당연하다 하겠다. 영화 '소중한 가족'에서 치매 노인으로 인해 가족이 어려움을 겪는 이야기가 나온다. 증상이 점점 더 심해지자 아들과 며느리는 할 수 없이 요양원을 방문하여 어머니를 맡길 곳이 되는지 알아본다. 그러나 어머니를 요양원으로 보내지 않고 집에서 그림 그리기로 서서히 치유해가며 가족애를 회복하는 과정을 그린다.

　요즘은 치매나 중증 질병인 경우에는 으레 요양병원으로 가야 되는 것으로 생각한다. 몇 년 전 시어머니께서 입원해 계신 병실에 한 할머니가 들어오셨다. 할머니는 그리 심하게 불편한 곳은 없는 것 같았다. 자식이 열 명이라는데 가만히 이야기를 들어보니 하나 같이 자기 집으로 어머니가 오시는 것을 달갑게 여기지 않는다는 것이다. 시어머니가 먼저 퇴원하시는 바람에 퇴원까지 지켜보지는 못했지만 아마도 요양원으로 가셨을 것으로 생각된다. 자신들을 낳아 길러주신 부모를 안 모시겠다고 하고 하물며 병이 들어 병원에 계신 부모를 두고 그러는 가족이라니 이유여하를 막론하고 폐륜에 다름없는 것이다.

가끔 만나게 되는 아주머니도 시어머니를 가까운 곳이 아닌 먼 곳의 요양원에 모셨다. 중증치매 증상이어서 너무 힘든 상황이면 이해할 수 있지만 그런 분은 아닌 것 같다. 같이 동행했던 분의 말에 의하면 며느리가 가면 엉엉 우시며 아들과 손자들 소식을 묻고 집에 가서 느이들하고 살면 안 되겠느냐고 하신다는 것이다. 세상에, 얼마나 가족이 그리우면 그러실까 싶어 이야기를 듣는 데 목이 메었다. 부모님을 요양시설에 모시고 너무 잘해준다고, 시간 맞추어 식사하고 목욕도 시켜주고 다 해주어 얼마나 좋은지 모른다고들 하지만, 정작 가족으로부터 소외되어 마음을 앓다가 병이 악화되어 빨리 돌아가실 수도 있는 것이다. 맞벌이 부부거나 가정상황이 어쩔 수 없는 상황이라면 모르겠지만 그게 아니면 신중하게 생각해볼 문제다.

우리 집에는 97세이신 시어머니가 계신다. 총기 흐려지지 않게 해 주시라고 늘 기도를 드려서인지 다행히 정신이 초롱하시다. 가끔 엉뚱한 행동이나 말씀을 하실 때는 자세히 살피니 원기가 부족할 때 나타나는 증상이다. 그럴 때는 링거를 놔드리고 식사를 더 신경 써드린다. 어머니가 편찮으시면 노심초사하게 된다. 언젠가는 어머니와 헤어져야 하겠지만 살아계신 동안에는 더 이상 앓는 일이 없었으면 좋겠다. 두 할머니의 이야기를 듣고서 나는 어떤 상황이 되던지 어머니를 요양원에는 절대 보내드리지 않을 거라 마음먹었다. 현대판 고려장이란 생각이 들어서다. 힘들면 힘든 대로 가족과 함께 계시면서 편안하게 임종을 맞는 것이 어머니의 마음을 편하게 해드리는 것일 테니까. 어머니 역시도 가족 곁을 떠나는 것은 원치 않으신다. 어머니에게서 나를 본다. 내가 가고 있는 그 길이 어머니의 길이다.

"나 집에 가서 너희들하고 살면 안 되겠냐" 하시던 그 할머니의 피맺힌 절규가 지난겨울 내내 마음에서 떠나지 않았다. 개울가를 산책하며 억새를 보는 순간 그 할머니의 말과 양로원 노인들의 삶이 겹쳐져 아래의 시를 짓게 되었다.

목 쉰 바람이 흰 길을 낸다
한寒 데 내쳐진 한 무리 노구老軀

앙상한 몸피가 구푸린 채 부싯돌처럼 맞대고 있다

마른 뼛가락 속으로 환청이 여음을 잇던 날
어느 봄 만개한 복사꽃낯을 꺼내 시린 손을 감싸본다

이 빠진 옥수수알길을 들락거리는 기억의 발음기호,
간간이 실낱같은 오늘이 열리면

'나 집이 가 느이들하고 살믄 안되거·었··냐…'

푸석거리는 머리칼 올올이 찬바람에 흩어지는 저물녘
허공에서도 흰머리 뭉치가 휘나리친다

발목까지 감고 있던 까끌한 수의가 전신에 휘감겨
삼켜버린 말 마디마디 타는 소리마저 차단된 공간

개울가에 옹송거리며 서 있는 우리들의 자화상

가족도 온기도 외면한 초점 잃은 눈들이
인정人情에서 유리된 이름들이 하얀 걸음을 내딛고 있다

　― 「겨울 억새」 전문

새봄맞이 음악회

　새봄맞이 음악회에 꼭 참석해 달라는 초대장을 보내와 지인 부부와 우리 부부가 합석하기로 했다. 공연 장소인 시민회관 옆 식당에서 저녁식사를 마치고 나오니 아직 이른 시간인 데도 사람들이 줄지어 서 있었다. 좋아하는 음악 감상은 삶의 활력소가 되기도 하여 지금처럼 일상이 분주해지기 전까지는 포크 가수들의 콘서트에 가서 노래를 따라 부르며 즐기기도 했다.

　1부 사회자인 여자 앵커의 소개로 코리아 색소폰 필하모니 앙상블 20인조가 ALL EGRO, The entertain form sting, EL BIMBO 등 경쾌한 곡으로 분위기를 띄워주었다. 오프닝 무용은 쪽진 머리의 여인이 다듬이 방망이를 두드리는 장면을 실루엣으로 보여주었다.

　화사한 봄볕, 빨랫줄에 새하얀 이불 호청이 나부끼는

바깥마당에는 암탉이 갓 부화한 병아리들을 품은 채 졸고, 마루에서는 풀 먹인 빨래를 반드시 접어 다듬이질하시던 어머니를 그리워하게 한 가슴 뭉클한 한마당이었다.

오프닝 연주로는 명곡 리하르트의 '짜라투스트라는 이렇게 말했다' 가 트럼펫으로 연주되어 분위기를 고조시켰다.

봄은 목련화로 오는가. 봄에 듣는 가곡은 여느 계절과는 색다른 멋을 느끼게 한다. 같은 음악도 계절과 기분과 하루 중 어느 시간대에 듣느냐에 따라 느낌이 전혀 다르다. 봄밤에 듣는 매력있는 테너의 목소리에 잠자던 그리움의 꽃그늘이 환하게 열리며 목련과 그대와 내가 하나가 되어 시공간을 초월하여 애틋한 감정에 휘말리고 만다. 촛대 위 심지에 흰 꽃불을 당겨줄 봄을 기다리는 희고 순결한 목련, 문득 아름다운 가사와 곡을 쓴 사람을 만나보고 싶어진다.

목소리와 자태가 아름다운 소프라노 가수는 수선화를 들려주고 강남에선 제비도 돌아온다. 멕시코 올림픽에서 대미를 장식했던 제비, 어려운 곡임에도 아주 편안하고 멋지게 불러 주신 분은 이 지역 예총회장이다. 법관이자 테너인 분이 선구자를 잘 불러주었다. 좋아하던 곡이라 가만히 따라 불렀다. 테너와 소프라노의 뚜엣으로 그리운 금강산을 들으며 속뜰이 봄비에 젖은 잎싹처럼 촉촉해질 무렵, 동서양이 만난 퓨전 스타일의 피리와 색소폰으로 연주하는 오, 대니보이를 들었다. 한동안 심취했던 곡이다.

SBS 오케스트라 김정택 단장의 관객과 함께하는 익살과 재치 있는 위트로 분위기는 더욱 고조되고 우정 출연한 가수 주현미의 간드러진 히트곡과 신곡이 이어졌다.

가수나 노래 모두 퓨전이란 생각이 든다. 음식으로 치자면 보리밥과 한정식, 함박스테이크쯤이라고나 할까. 고루 섭취한 음악 덕에 올봄 춘곤증은 멀리 달아났을 것이라며 웃어본다.

음악이 사람에게 끼치는 영향은 대단하다. 나목 같은 가슴을 밀치고 들어와 초록잎이 송송 돋아나게 하더니 감성의 산야에 조팝꽃 같은 미소를 연신 피워내는 것이다.

아, 봄길 따라 오시는 행복이여!

두 수의사의 직업윤리

    11년차 은비에게 병이 생겼다. 갑자기 많이 토해서 가까운 A동물병원에 갔더니 심장병이라고 했다. 심장의 크기가 너무 커져 위험한 수준이라며 혈액검사와 한 달분 약을 지어주고 21만 원을 받았다. 하루 두 차례 약을 먹였는데도 지난 토요일 시흥농장에 다녀오니 물까지 토한 후 상태가 좋지 않았다. 혼자 토하느라 얼마나 힘이 들었을까 짐작이 갈 정도였다. 꼭 내가 없을 때 일이 벌어진다. 토요일 저녁이라 주일까지는 병원에 데려가지 못하고 월요일 B동물병원에 데리고 갔다. 이틀을 아무 것도 먹지 못한 은비에게 안 좋은 상황이 닥칠까 봐 조마조마했다. 끙끙 앓으며 커다란 눈을 나를 향해 껌뻑거리며 아프다는 신호를 보내는데 참으로 안타까웠다.

B병원 수의사는 먼저 병원에서 검사 데이터를 가져다주었으면 했다. 날이 더워 이동하는데 힘들었지만 다녀오기로 했다.

A병원에 가서 자료를 달라했더니 오히려 자료를 요청한 수의사에게 예의도 없는 사람이라며 그런 건 달라는게 아니라고 일거에 묵살해버렸다. 10년 가까이 그 병원을 이용해왔는데 일언지하에 거절하는 수의사의 말과 행동에 불편한 마음으로 돌아왔다. B병원에서는 공유해도 되는 건데, 라고 했다. B병원 수의사는 먼저 병원에서 검사한 것을 참고하여 검사의 중복을 피하고 다각적으로 검토하여 처방을 내리려고 한 것인데 자료를 건네주지 않은 것이다.

응급상황인 은비는 다시 엑스레이와 혈액검사를 했다. 결과는 심장이 너무 팽창하여 터질 지경이고 심장뿐 아니라 신장까지 문제가 발생했단다. 일단 몇 가지약을 먹이고 영양제를 투여한 후 데리고 왔다. 잘 관찰하라며 의사는 자신이 진찰한 데이터를 메일로 보내줄테니 혹 위험한 상황이 발생해 타 병원에 가게 되면 참고하라고 했다. 사람도 병원 간 질병에 대한 자료를 서로 공유하는데, 자연스런 일을 자기 방어로 일관한 의사의 형태가 괘씸하기도 하고, 이런 병원을 믿고 여태껏

다녔나 싶어 기분이 상했다. 단골손님이 다른 병원에 간 것이 마음에 들지 않더라도 그럴 수는 없는 것이다. 너무 상술이 보였다.

진정으로 우리 은비를 사랑하여 걱정이 된다면 정보를 공유하여 치료가 잘 되기를 바라야 할 텐데, 이는 동물 사랑하는 마음이 없이 개인의 이익에만 치중하는 사람이란 판단을 갖기에 충분했다. B병원 수의사는 아주 양심적이었다. 검사 데이터를 볼펜으로 체크해가며 자세히 설명해주고 의료수가까지 어떤 항목에 발생되었는지 한눈에 볼 수 있게 영수증을 주었다. 의료비도 납득할 만한 적정 수준이었다. 두 동물병원 수의사의 직업윤리가 이렇게 다르다니, 이해관계가 발생해봐야 참다운 직업윤리를 가지고 일하는 사람이 누구인가 알 수 있다. 진정한 동물사랑을 바탕으로 동물을 진료하고 있는 의사가 누군지 자명하다.

며칠 밥을 먹지 못한 은비는 영양제를 맞으러 갔다. 정확한 진단을 통해 처방을 했는지 은비가 먹을 것을 찾았다. 통조림에 사료를 조금 섞어 주었더니 먹었다. 밥이라도 먹어서 다행이다. 아직 마음을 놓을 상황은 아니다. A병원에서 생명이 6개월 정도라고 진단을 내리긴 했지만 정답은 아닐 거란 생각이다. 11년 동안 동고

동락해온 은비는 가족 개념이다. 집에 오면 가장 먼저 반긴다. 매일 저녁 산책 파트너이기도 하다. 은비가 아프니 일이 손에 잡히지 않는다. 녀석은 눈빛으로 나만 쫓는다. 어디를 가면 불안해하기도 하면서. 나는 금방 다녀올게, 라고 말하고 머리를 쓰담해 주고 다녀오곤 한다. 은비가 많이 아프다하니 지인들은 안락사를 시키는 건 어떻겠느냐고 말하지만 살아 있는 한 치료를 해주어야 주인 된 도리다. 병들었다고 생명을 함부로 취급하는 건 긴 세월 가족처럼 살아온 반려견에 대한 예의가 아니다. 죽고 사는 건 하늘에 달렸지만 은비가 어서 건강해져 나와 다시 산책할 수 있기를 기도한다.

시어머니

날씨가 쌀쌀해지자 밤이 깊어지면 관절염을 앓으시는 어머니의 신음이 이어지는 날이 많아졌다. 한의원에서 침을 맞으시고 관절에 좋다는 뼈주사도 맞으셨지만 그때뿐이었다. 혈액순환이 잘 되면 조금 덜하실까 싶어 매일 족욕을 해드리지만 오래 앓으신 탓인지 별반 효과가 없다.

진료예약을 하고 일주일이 지난 후 여름에 입원하셨던 대학병원으로 모시고 갔다. 주민증을 맡기고 휠체어를 대여받아 어머니를 태우고 정형외과 담당교수의 방 앞에서 기다렸다. 예나 지금이나 대학병원의 기다림은 여전하다. 약속시간을 한 시간이나 넘기고서야 어머니 차례가 왔다.

옆 좌석 남자가 간호사에게 고함을 친다. 이렇게 시

간을 지켜주지 않으려면 예약제도가 무슨 소용이 있겠
냐고. 접수하고 오는 대로 진료를 해주는 게 낫겠다는
것이다. 간호사는 아침에 수술환자가 있어 어쩔 수 없
이 그리된 것이니 이해하란다. 그런데 그 간호사의 태
도가 도무지 맘에 들지 않는다. 기다림에 지쳐 마음이
상해 있는 환자에게 공손한 태도로 양해를 구해야지
인상까지 써가며 무조건 이해하라니 주객이 전도된 느
낌이다. 진료가 끝나고 다리 사진을 찍기 위해 방사선
과로 옮겨갔다. 몇 장의 엑스레이를 찍고 이틀 후 결과
를 보러 오라고 했다.

점심식사는 아직 이르고 해서 어머니를 모시고 백운
저수지로 갔다. 다리가 불편하시다고 자주 침대에만 누
워계신 어머니께 계절의 변화와 고운 단풍을 보여드리
고 싶었다. 호수를 천천히 돌면서 어머니 앉으신 쪽 차
문을 열어드리고 밖을 보시게 했다. 호숫가에는 벚잎
이 붉게 물들어 한 잎 두 잎 지고 있었다. 호수를 돌아
서울대공원으로 갔다. 요즘 대공원 단풍도 절정이어서
매우 아름다웠다. 자주 산책하는 산책로를 보여드리고
가끔 드라이브하는 미술관 길을 돌아와서 시골집처럼
편안하고 아늑한 음식점으로 들어갔다.

다리가 불편하신 어머니는 외출하실 때면 한 손은

지팡이를 짚으시고 한 손은 내 등 뒤 옷자락을 붙잡고 나는 어머니를 감싸 안고 걷는다. 생등심을 구워 어머니 드시라고 접시에 놓아드리니 어머니는 그걸 또 내 접시에 옮겨 놓으신다. 조금이라도 더 드시게 해보지만 늘 드시던 그만큼의 양 말고는 더 드시지 않는다. 서비스하는 아줌마가 친정어머니냐고 묻는다. 음식점에 가면 더러 그렇게 묻는다. 시어머니와 며느리의 식사하는 것이 왜 친정어머니와 딸로만 보이는 것인지 모르겠다. 나는 먹지 못하지만 보신탕을 가끔 드시는 어머니를 모시고 보신탕 음식점에 가면 복 받겠다는 둥, 착하다는 둥 몸 둘 바를 모르게 만드는 말들이 거북살스러워 당연히 그래야 되는 것 아니냐며 되받고는 한다.

식사를 마치고 옷가게로 모시고 갔다. 옷 많으니 괜찮다고 만류하시는 어머니께 옷을 입혀드리고 새댁처럼 이쁘시다 했더니 웃으신다. 싫다하시는 어머니의 말씀을 못 들은 척 사가지고 나왔다. 목욕을 시켜드리고 스킨과 로션을 발라드리면 하얀 피부에 볼이 발그레하신 얼굴이 고우셔서 "어머니 꼭 새댁 같으시네." 한 마디 해드리면 소녀처럼 얼굴이 붉어지신다. 단풍 같은 미소로 피어나신 어머니의 얼굴을 뵈니 덩달아 기분이 좋아진다. 백미러에 비치는 내 얼굴도 오늘따라 새댁 같아 보인다.

북한 음식 체험

    우리나라에 온 북한이탈주민이 3만여 명이라 한다. 그런데도 가까이 만날 기회가 없었다. 간혹 교회에서 탈북과정을 간증하는 분들의 이야기와 책을 통해 북한이탈주민들의 실상을 알고 눈시울을 적시고는 했다. 올가을 과천축제에 민주평통 과천시협의회에서는 북한음식 체험을 하기로 했다. 인천에서 탈북민이 운영하는 "호월일가胡越一家"라는 식당으로 음식을 시식하러 갔다. 호월일가란 "온 천하가 한 집안 같음을 비유적으로 이르는 말"이라고 출입문에 적혀 있었다. 뜻이 사뭇 의미심장했다. 넓은 범위로 보면 온 천하가 한 집안처럼 살아야 하는 것이다. 주인아주머니는 음식을 만드느라 분주했다.

    탈북 3년차인 아주머니는 초등학생 아이가 둘 있고

남편은 돌아가셨다고 한다. 함께 탈북한 친정어머니께서 식당일을 도우셨다. 음식을 시켜 시식을 해보았다. 인조 고기밥과 두부밥, 아바이 순대와 꼴뚜기 순대이다. 인조 고기는 콩기름을 짠 후 남은 찌꺼기로 유부처럼 만들어 밥을 넣어 양념장을 발라먹는 것이다. 양념장은 마늘이 많이 들어가는 것이 특징이고 양념을 기름에 볶았는데도 담백했다. 내 입맛에 맞고 맛있는 요리는 꼴뚜기 순대 양념볶음이었다. 꼴뚜기 순대를 통째로 양념으로 볶았는데 얼큰하면서도 깊은 맛이 있었다. 엄지를 치켜들며 최고라고 하니 감사하다며 좋아하신다. 가까우면 가끔 들러 별미로 사먹을 텐데….

가게에서 파는 말린 산더덕과 고사리를 사왔다. 자연산 송이도 있는데 지금은 떨어졌다고 한다. 아직 개발이 덜 된 북한이 환경오염이 덜한 것은 사실이다. 고사리도 중국산보다는 북한산이 훨씬 좋다. 어떤 루트로 물건이 오는지 모르지만, 자주 조달이 되는 듯했다. 북한 과자도 팔고 있었다. 참 멀고도 가까운 이웃이라는 생각이 들었다. 살기 힘든 북한을 탈출하여 이 땅에 적응하기 위해 열심히 살아가는 모습이 눈물겹도록 고마웠다. 이야기를 나누다보니 통일이 되어도 별 어려움이 없을 것 같았다. 그저 내 동포 내 형제라는 생각으로 안쓰러운 마음만 들었다. 우리 사회에 적응하지 못하고 다시 돌아가는 사람들도 있다는데, 우리 모두가 각별하게 관심을 갖고 도움을 주어 잘 정착하도록 해야 할 것이다.

어서 자유민주주의 통일이 왔으면 좋겠다. 그것이 북한이 살길이다. 자리가 잡힐 때까지는 여러 혼란이나 어려움이 있겠지만, 우리나라 미래를 위하여 남과 북이 하나로 통일이 되어야 막강한 선진국 대열에 합류하게 될 것이다. 주변국에서도 함부로 넘보지 못할 경제, 군사대국이 될 것이니 생각만 해도 즐겁다. 한강에 배 띄우고 두만강에 배 띄워 어기여차, 어기여차, 뱃놀이 하는 그날이 어서 왔으면 좋겠다. 우리 서로 얼싸안고 덩실덩실 춤추며 백두에서 한라까지 기쁨의 노래 쩡쩡 울리는 민족이 하나 되는 그날이 속히 오기를 고대한다.

마음의 거울

　세수를 마치고 방으로 들어와 거울을 본다. 방긋 미소를 지어본다. 스킨과 로숀을 바르고 화장을 시작한다. 눈썹 두 개는 아무리 그려보아도 어딘지 모르게 짝짝이다. 눈 화장과 볼 터치, 입술을 마무리하기까지 바뀌어가는 표정을 거울은 놓치지 않고 모니터링한다. 마지막으로 어떤 옷을 입을까 머릿속으로 코디를 끝내고 장을 열어 옷을 꺼낸다. 모자를 쓴 후 뒷모습을 다시 거울에 비춰본다. 이렇게 외출준비를 마무리한 다음 현관문을 나선다.

　요즘은 한 가지 더, 건망증이 많아진 나를 위해 남편이 현관문에 붙여둔 "잠깐! 전기렌지, 다리미, 전기코드, 핸드폰"을 훑어보며 체크한다. 버스를 타게 되면 정면에 거울이 있어 앞을 보다가 기사님과 마주치면 여간

민망한 게 아니다. 지하철역을 지나다가 커다란 거울에 또 나를 비춰본다. 스마트폰을 하다가 액정에 얼굴을 비춰보기도 한다. 식사 후, 화장실에서도 이어진다. 하루 중 거울을 보는 빈도가 무척 많다는 것이다. 외모야 생긴대로 수용을 하지만 옷차림이 이상하지 않는지, 얼굴에 뭐가 묻진 않았는지 신경이 쓰이는 것이다. 그래도 젊을 때나 연애시절에 비하면 거울을 보는 횟수가 많이 줄어든 것이다. 오죽하면 "거울도 안 보는 여자"라는 유행가가 불리워지게 되었을까 싶다. 여자가 거울을 안 본다는 것은 외모에 관심을 두지 않는다는 의미일 테다.

요지는 우리는 겉모습에 이렇듯 신경을 쓰며 산다는 말이다. 그러면 우리의 내면을 비추는 데에는 어떤 거울이 필요할까? 교수신문에서는 해마다 희망의 사자성어를 설문조사한 후 고르는데, 올해의 사자성어는 '정본청원'正本淸源이 선정되었다. 정본청원은 《한서》 형법지에서 유래한 말로 "근본을 바로 하고 근원을 맑게 한다"는 뜻이다. 교수들은 국가적인 대의에 입각해 사자성어 풀이를 하고 있지만, 나는 개인적으로 좀 다르게 해석해보려고 한다. 근원을 맑게 한다는 의미풀이에 주목하여 그 근원이 어디서부터인가 생각해본다.

사물의 근본부터 따져본다면 태고적으로 거슬러가야

한다. 창조론을 신봉하는 나로서는 사물의 근원이 어디서부터인가 묻는다면 하나님이라고 자신있게 대답할 수 있다. 이는 창조주 하나님의 말씀이 근원이라는 말과 같다. 그러므로 맑은지 흐린 지 살펴보려면 모든 일과 우리의 마음을 성경말씀에 비추어보아야 한다는 결론이 도출된다. 거울에 우리 외모를 보듯이 나의 내면을 말씀의 거울에 부단히 비추어보며 행동하는 것이 중요하다. 얼굴은 마음의 거울이라고 한다. 말씀의 거울에 비추어 말이나 행동을 올바르게 하면 이는 마음의 거울인 얼굴에도 드러나게 되리라. 거울을 생각하다가 여기까지 왔다. 여자인지라 거울보기도 중요하지만, 올해는 성경말씀에 나 자신을 자주 비추어보고 싶다.

그 새벽 까치가 우짖고

가끔 따듯하게 자고 싶을 때에는 침대가 아닌 좌식을 이용한다. 어제 새벽에도 요 위에서 잠이 들었다. 자다가 방바닥이 몇 차례 흔들리는 것이 느껴졌다. 자주 가는 사우나 물고기 체조 기구 위에 누워있는 것처럼 위아래 좌우로 흔들렸다. 생전 처음 경험한 일이었다. 잠이 깼는데 새벽 4시 50분이었다. 밖에서는 까치의 우짖는 소리가 시끄러웠다. 이 새벽에 웬 까치가 요란스레 우는가? 순간 지진인가? 이러다 무너지는 것은 아닐까? 어디로 피신해야 하나? 누운 상태에서 아주 짧은 시간 몇 가지 생각이 뇌리를 스쳤다.

오전에 한국화를 그리는 날이라 화실에 갔다. 새벽에 있었던 일을 말하니 한 사람이 지진이 있었다고 답변한다. 뉴스를 보지 못하고 나온 거라 깜짝 놀랐다. 생전 처음으로 경험한 일이다. 저녁 시 강의 시간에 다시 물어보니 아무도 감지를 못했다고 한다. 다들 우리 선생님만 따라다니면 지진을 금방 감지하여 위험하지 않을 거라며 웃는다. 핸드폰을 검색해보고 한 번 더 놀랐다. 어제 새벽 지진에 관한 검색어가 있었기 때문이다. 미물이 먼저 알아차린다고 하더니 새벽에 위험을 감지한 까치가 먼저 안 것이다.

조간신문 1면 기사로 지진에 관하여 실렸다. 태안 앞바다에서 발생한 진도 5.1의 지진이었다. 태안반도와 서울과 경기 수도권 일부 지역에서 창문의 흔들림이 느껴졌다고 한다. 건물이 흔들리고 침대가 흔들리는 것을 느낀 일부 시민들은 북한에서 핵실험을 하는 줄 알았단다. 나는 그런 생각은 전혀 안 들고 지진이라는 생각만 했다. 규모 5.1의 지진은 일본 나가사키에 투하된 원폭의 2배 정도에 해당한다고 하니 엄청난 충격이다. 우리나라에서도 규모 2.0 이상의 지진이 93회 정도 발생했다고 한다. 한반도도 더 이상 지진 안전지대가 아닌 것이다.

언젠가 우리나라 지도에 지진 안전지대와 위험지대를 분류하여 표시해놓은 것을 본 적 있다. 백두산 천지도 지진으로 인한 화산폭발 위험이 있어 오래 전부터 주목하고 있다. 머리 위에 위험을 이고 사는 형국이다. 이처럼 잦은 지진과 강도가 높은 지진이 나타나는 것은 철저히 대비하라는 예고이다. 일본처럼 건축부터 지진에 안전한 설계를 해야 하고, 국민들에게도 지진 발생 시 어떤 행동을 취해야 하는지 지진대비 요령에 대한 홍보를 해주어야 한다. 소 잃고 외양간 고치는 만시지탄晚時之歎이 되지 않기를 바란다.

"난리와 난리 소문을 들을 때에 두려워 말라 이런 일이 있어야 하되 끝은 아직 아니니라 민족이 민족을, 나라가 나라를 대적하여 일어나겠고 처처에 지진이 있으며 기근이 있으리니 이는 재난의 시작이니라"[마가복음 13:7-8]

유년의 설날

설이 일주일 남았다. 설을 맞이하러 가는 귀성객들의 분주한 모습을 TV를 통해 연일 보게 된다. 버스나 열차로 자가용이나 비행기로 교통수단이야 어떻든 명절에 부모형제를 그리는 마음은 모두가 한결같다. 내게도 어렵게 열차표를 구해 귀성대열에 합류했던 시절이 있었다. 열한 시간, 심지어는 열여섯 시간이 걸려 고향에 도착하기도 전 몸은 지치고 힘들지만, 명절날 돌아갈 고향이 있고 기다리는 부모형제가 있다는 것은 참으로 고마운 일이었다. 고향 가는 길이 즐거웠던 것은 나를 기다려 주신 어머니가 계신 까닭이었다. 그것은 가슴 뿌듯한 행복이었다.

초가지붕 처마에 고드름이 쑥쑥 키를 키워가고 있는 설을 며칠 앞둔 날, 어머니는 시렁에 얹어 둔 마른 쑥을 내려 소다를 넣고 삶은 후 물에 담가 놓았다. 검은 쑥물이 나오지 않을 때까지 매일 물을 갈아주며 우려낸다. 쑥과 쌀가루를 섞어 시루에 찌기 위해 어머니는 하얀 수건을 머리에 쓰고 앉아 청솔가지로 불을 때셨다. 매캐한 연기에 눈물을 흘리면서도 어머니 곁에 있고 싶어 아궁이 앞에서 떠나지 못했다. 고향에서는 모든 가정이 설날에 쑥떡을 해먹는다. 절구에 찧어 크고 작게 만들어 광주리에 담아 광에 두고 보름이 넘도록 맛있게 먹던 어머니의 손맛을 어디서 다시 볼 수 있으랴.

영산강물이 들락거리던
수채꺼리 긴 둑길로
은비녀 단정히 꽂으시고
계란 한 줄 잡곡 두어 됫박 이고
울 엄마 이십 리 장에 가셨지요

뒷산 그늘 내려와
처마 밑을 어슬렁거리면
돌 공기 놀던 미순이는
원둑에 매 논 염소고삐 풀어
집으로 가버렸고요
방죽가 옹기구이 집 담장에
눈 걸어두고

나일론 양말을 비집고 나온
발가락이 시려 동동거리며
울 엄마 기다리던
함박눈 오는 해름이었어요

비린 것 사다 지져 주신다던
울 엄마 장보따리에
누런 푸대 종이에 싸인
간 고등어 한 손
내 까치 고무신이 들어 있었지요

저녁밥 기다리며
봉창 문 여닫으면
생솔 타는 연기
방안 가득 눈 맵던
저녁이었어요

무쇠솥 가에 반듯이 세워진
울 엄마 검정고무신
덧댄 헝겊에서 나온 물기가
지도를 그리고 있었어요

    – 「꽃그늘 아래 당신은 계시고」 전문

《기억의 울타리엔 경계가 없다》에 수록했던 이 시는 내 어머니의 삶을 그대로 표현해 놓은 것이다. 일찍 돌아가신 아버지를 대신해 논밭의 험한 일을 도맡아 하시다 결국은 병을 얻어 돌아가시게 된 어머니의 고귀한 희생을 어이 잊을까.

우리 집 마당을 가로지르면 고종사촌 오빠네 방앗간이 있다. 설 사나흘 전부터 손수레나 머리에 이고 온 시루에 담긴 찐 밥이 길게 줄을 선다. 대여섯 동리에서 유일하게 하나 뿐인 고종사촌 오빠네 방앗간 떡을 뽑아내는 기계는 종일 바쁘게 돌아간다. 기계 속에 들어간 찐 밥은 쫀득쫀득한 가래떡이 되어 모락모락 김이 오르면 절로 군침이 돈다. 친구나 친척의 떡이면 혹, 한 가락 쯤 먹을 수 있을까 기다리기도 한다. 막상 우리 집 떡을 하면 먹히지 않던 것이 조금 얻어먹는 것은 어찌나 맛있던지 꿀맛보다 더했다.

가래떡을 해둔지 하루 반 정도면 썰어야 된다. 어머니를 거들어 떡을 썰다 보면 어머니는 석봉이 엄마, 난 석봉이가 되고 만다. 불은 켜져 있지만 말이다. 아무리 노력해도 어머니를 따라갈 수가 없었다. 아니 따라간다는 것은 무리한 나의 욕심일 뿐이다. 일찍 포기했더라면 손에 물집은 생기지 않았을 텐데 어머니는 한 광주리를 다 썰때까지도 손이 부르트지 않으셨다. 모든 일에 오랜 경험과 숙련된 솜씨와 요령이 있어야 됨을 결혼하고 알게 됐으니 일의 요령을 모르는 나를 보고 소리 없이 웃기만 하시던 어머니의 마음을 이제 조금 헤아리게 된 것 같다.

아랫집 귀님이 언니가 설을 쇠러 서울에서 내려 왔다는 소식을 들은 어머니는 부쩍 동구 밖으로 눈길을 자주 돌리신다. 산밭 가 생명의 촉수를 키워가며 서 있는 미루나무 가지에 까치가 앉아 울기라도 하면 어서 동구 밖에 나가보라고 하셨다. 한 번도 타지에 있는 언니 걱정을 자식들 앞에서 한 적 없지만 혼자서 애태우시다가 오지 못한 언니를 설 전야 저물녘까지 오래오래 기다리곤 하셨다.

어머니를 따라 다니며 부엌일을 익히고 있을 무렵, 오빠는 연과 팽이를 만들기에 분주하였다. 뒤꼍 대밭에서 맘에 든 대나무를 베어오고 뒷산에선 나무를 잘라와 마루에서 손이 시린지도 모르고 종일 만들었다. 대나무를 깎아 창호지를 바르고 색종이를 여러 모양으로 오려 여기저기 붙이는 사각연과 긴 꼬리를 붙여 가오리연을 만들어 평행이 맞는지 확인해보고 연줄을 이리저리 당기며 중심을 잡아 광에 걸어두고, 팽이는 깎아 동그란 부분에 오색 크레파스로 예쁘게 색칠을 해두었다. 지금은 돈만 주면 살 수 있는 것들이지만 그 시절에는 누구나 만들어 가지고 놀았다.

읍내 오일장에서 사오신 설빔은 곱게 접어 반닫이에 넣어두시고 까치 고무신은 골방 다듬잇돌 위에 얹어 두셨다. 오며가며 들춰보며 설날아침이 되기를 얼마나 고대했는지, 하루가 너무 더디 가 지루하던 마음을 어떻게 표현해야 할까. 이제는 세월이 너무 빠름을 느낀다. 하루, 한 주일, 한 달, 일 년이 돌아 볼 줄도 모르고 앞만 보고 달음질한다.

> 존경함에 아버지보다 더함이 없고
> 의지함에 어머님보다 더함이 없다
> 때문에 아버님이 돌아가시면
> 일생을 두고 외롭고
> 어머님이 돌아가시면
> 일생을 두고 슬프다

《시경》의 글처럼 돌아가신 지 오래지만 어머니란 말만 들어도 여전히 코끝이 싸해지며 금방 눈물이 맺힌다. 그 사랑 깊이 새기지 못하고 어머니 데려간 무심한 세월만 탓하며 살았던 날들, 자식 낳고 부모가 돼서야 깨달으니 효도하고자 하나 생존해 계시지 않는 어머니를 어찌 뵈올 수 있으리오. 설이 가까워지니 내 어머니 몹시 그립다.

PART 3
두 물이 만나 하나로 흐르듯

한글 우수성의 입증

조간신문을 펼치니 반가운 기사가 눈에 띈다. 인도네시아 소수민족 중 하나인 찌아찌아족이 공식문자로 '한글'을 채택했다는 소식이다. 우리 한글의 우수성이 드디어 나라 밖에서도 공식적으로 인정을 받기 시작한 것이다. 그동안 한글 세계화 프로젝트의 일환으로 중국과 태국, 네팔과 여러 소수민족에게 한글의 공식 문자 채택을 추진했으나 성공한 것은 이번이 처음이라니 더욱 기쁘다.

1443년 조선에 위대한 업적을 세운 지혜로운 왕이 있었으니 조선조 4대 왕인 세종이었다. 세종의 이름은 도祹 자는 원정元正으로 태종의 셋째 아들이며 그의 어머니는 원경왕후元敬王后 민 씨이며 비妃는 청천부원군 심온沈溫의 딸 소헌왕후昭憲王后이다. 왜 세종의 춘부장인

상왕과 대비, 왕비까지 나열하고 있는가. 우리나라 문화 유산의 결정체라 할 수 있는 훈민정음 창제의 위대한 업적을 생각하며 족보를 되짚어 보고 세종을 낳은 복된 가문을 칭송하고 싶은 연유이다.

한글 스물여덟 자 제작의 기본 목적은 한국어 음은 중국어와 다르므로 한자로는 잘 통하지 아니하여 백성들이 자기의 의사를 마음대로 표현할 수가 없으므로 훈민정음 서문 중 '欲使人人易習便於日用耳' 즉, '사람마다 쉬 익혀서 나날이 쓰는데 편하게 하는 것'이었다. 여기서 사람이란 문자 생활을 제대로 할 수 없는 일반 백성을 가리키는 것이다.

세종은 모든 백성이 문자생활을 하도록 할 목적으로 훈민정음을 제작하였으나 이는 한자를 폐지하고 한글만 쓰자는 것은 아니었다. 한자를 쓸 수 있는 계층은 한자를 쓰고 그렇지 않는 계층은 한글을 쓰는 일종의 이중적인 구조를 의도하였던 것이다. 세종의 의도가 지금까지 이어져 오고 있다고 할 수 있다.

세종이 한글을 창제하기 이전 우리나라는 한자가 전용되어 우수한 문학작품의 방대한 분량이 한문으로 기록되어져 우리 국문학사의 범주에도 여러 견해를 불러오고 있다. 안타깝지만 한자는 우리나라 고대부터 문학의 모체가 되어 있음을 부인할 수 없는 현실이다. 그러나 한자를 사용하지 않고도 능히 의사소통이 잘 되도록 우리말을 발전시켜야 한다는 의견과 한자혼용의 필요성을 역설하는 사람들도 있으니 이 분야의 학회연구가 더욱 활발하게 이루어져 명확하게 규정지을 수 있기를 바란다. 내 개인적인 의사는 한글과 한자의 혼용이다.

나는 왜 이 시점에서 사라진 4자의 모음이 궁금한 것일까. 세종의 한글 창제 당시 스물여덟 자이던 것이 왜 스물넉 자로 줄었는가 하는 의문점이 생기는 것이다. 스물네 자만 필요하다면 왜 구태여 많은 시간과 공을 들여 스물여덟 자를 완성하였겠는가. 시대관행에 맞지 않았거나 어떤 연유였는지 알 수는 없으나 사라진 모음이 우리말의 어휘를 더욱 풍성하게 표현할 수 있는데 우리가 그 점을 간과하고 있는 것은 아닌지 묻고 싶다.

우리 한글의 우수성이 본격적으로 외국에서 인정을 받기 시작했다. 찌아찌아 족의 한글채택을 계기로 한글을 사용하려는 소수민족들이 더 늘어날 것으로 예상된다. 사라진 4자의 모음에 대하여 다시 한 번 깊이 재고해봐야 할 시점이 아니겠는가.

혜산문학제에 다녀오다

    가을비가 도심의 가로수 사이에 사선을 긋는 시월의 마지막 날, 박두진 시인을 기리는 혜산 문학제에 다녀왔다. 교대역을 출발하여 두 시간 남짓 달려 아담하게 자리한 안성문화원 앞에 정차하였다. 행사를 알리는 현수막이 바람에 날리고 문화원 안에서는 생전의 박두진 시인의 사진과 시화전이 열리고 있었다. 그곳에서 몇 년 전 해외 문학기행에 동행했던 문우들을 만나 반가웠다.

    국민의례에 이어 문학상 심사위원장인 유종호 교수의 심사경과보고가 있었다. 올해 '혜산문학상'은 시인이자 고려대 교수인 최동호 시인이 수상하였다. 이어서 초, 중, 고, 전국 백일장 시상식이 있었다. 아이들의 초롱초롱한 눈빛에서 우리나라 문학의 희망을 보고 있는 것 같아 흐뭇하였다. 최동호 시인의 수상소감을 듣다가 우연히도 내가 가장 좋아하는 윌리엄 예이츠의 '이니스프리의 호도'의 여운을 잊지 못해 예이츠의 고향인 아일랜드를 찾아갔었다는 말에 눈이 번쩍 뜨였다. 아일랜드에 다녀와서 쓴 시편들이 이번 수상 작품 중에 실려 있었다.

오늘 아침 예이츠의 '이니스프리의 호도'를 음악까지 찾아 블로그에 포스팅을 해놓았다. 오랜 시간 나는 예이츠의 이 시에 취해 있었다. 시어 한 행 한 어휘들이 내 영혼을 깊숙이 파고들어 평화가 깃든 이니스프리에 머물고 싶은 소원이 일었다. 얼마나 아름다운 정신의 위안과 동경의 세계인가. 가장 진실한 벗인 자연의 품에 안겨 내면의 순수와 대면하고 싶게 만드는 이 시는 변함없이 내게 사랑을 받을 것이다.

운영위원장이신 조남철 교수의 '시를 기다리며'란 인사말이 감동을 주었다. "지금은 시가 필요합니다, 우리에겐 시인이 필요합니다, 우리들의 거친 마음과 상처투성이 삶을 어루만지고 새 살을 돋게 할 시가 필요합니다, 천박하기까지 한 우리 삶에 단아한 향기를 불어 넣을, 거친 삶에 사랑과 존경, 감사와 헌신의 따듯한 손을 마주 잡을 시와 시인을 기다립니다."

가슴이 옥죄어 오는 통증을 느낀다. 과연 시로서, 누

군가의 영혼을 위무해 준 적 있었던가. 감동까지는 아니더라도 들꽃처럼 소박한 향기 한 줌이라도 안겨준 적이 있었던가. 시를 쓰는 마음의 텃밭이 거칠어지지 않았는지, 돌아오는 차 안에서 나의 정신이 지향하고 추구하고 있는 방향이 어디인가 점검해본다. 쉽지 않은 시인의 삶이다. 길 위에서 길에게 나의 길을 묻는 저녁이었다.

두 물이 만나 하나로 흐르듯

    두 강물이 만나 하나로 흐르는 두물머리는 우리에게 특별한 의미를 시사한다. 가장 먼저 남과 북이 하나로 흘러야 하고, 불화가 끊이지 않는 개체들이, 정쟁의 장인 정치권이 마음을 열고 머리를 맞대고 민의를 수렴하여 하나로 흘러야 한다. 가슴이 답답할 때 두물머리에 서면 막힌 속이 확 뚫린다. 강 위에 떠있는 섬들이 서로 만나지 못하니 강물이 섬들의 사연을 대신 전해주는 것 같다. 내가 강가에 섰을 때는 수면에서 올라온 짙은 안개로 시야가 희뿌염하여 꽉 막힌 정국의 혼돈을 보는 듯했다.

    지명이 우리에게 주는 교훈을 보면 조상들의 지혜를 엿볼 수 있다. 두물머리를 그저 낭만으로만 찾지 말고 남한강과 북한강의 만남이 무엇을 의미하는지 한 번

쯤 생각해 보는 것도 좋겠다. 가족이나 이웃 간에 불화가 있는 사람이면 거기서 화해의 실마리를 풀고 돌아오는 것도 값진 시간이 될 것이다. 그곳에 가면 욕심을 비우고 살라는 백련의 깨끗함이 우리를 맞아주고, 마음이 한없이 넓어지라는 듯 강물이 유장하게 흐르고 있다. 순리와 역리가 무엇인지, 하나가 되는 것이 무엇인지, 풀꽃 한 송이도 제 일을 묵묵히 하는 두물머리에서 삶의 지혜를 배우기도 한다.

　삶은 유한하다. 각 분야에서 열심히 일하는 사람은 아름답다. 개개인의 족적을 아름답게 남겨 후손들에게 부끄러움이 없어야겠다. 우리가 향하는 지향점이 누구를 위한 것인지, 단순히 나의 성공만이 아닌 후손을 위하고 다음 세대가 안심하고 걸어갈 수 있는 터전을 닦아둔다는 마음으로 임한다면 더욱 멋진 삶이 될 것이다. 요즘 몇몇 사회지도층이 자식의 잘못된 행동으로 골머리를 앓는다. 자식이 잘못된 것은 부모의 책임이라는 말이기도 하다. 어릴 때부터 부모와 지속적으로 소통했다면 그런 일이 생길 수 없을 것이다. 아빠는 출세지향주의로, 엄마는 직장을 다닌다는 명분으로 아이와 소통이 단절되면 그 영향이 성장과정에서 반드시 나타나게된다. 우리말에 "콩 심은 데 콩 나고 팥 심은 데 팥 난다."고 했다. 자식도 심은 대로 거두는 것이다.

두 물이 만나 하나로 흐른다는 두물머리에 서서 이런 저런 생각이 많아진다. 소원했던 관계도 만남을 통해 대화를 나누다 보면 겨울 강이 풀리듯 풀리게 된다. 만남이란 단어가 주는 어감은 무척 따뜻하다. 만나서 대화를 나누어야 할 사람이 누군가 떠올려 본다. 내 쪽에서 먼저 누구와 척지고 살진 않아서인지 풀어야 할 맺힌 관계는 없어서 다행이다. 국민을 대표하여 나랏일을 하는 사람이나 사회적인 위치에 있는 사람들은 마음을 올바르게 써야 한다. 불의를 버리고 정의의 편에 서는 일이어야 한다. 나라와 민족이, 이웃과 가족이, 막힘없는 소통으로 하나가 되어 이 사회가 더욱 맑고 밝아지기를 희망한다.

고즈넉한 삼봉 해수욕장

참 오랜만에 휴가라는 이름으로 길을 나섰다. 시어머님을 우리 집으로 모신 후 10년 만이다. 해마다 휴가 시즌이면 떠나고 싶은 마음을 꾸욱 누르며 지냈다. 휴가 때문에 어머니를 다른 집으로 모시는 것은 마음이 허락지 않아 남편 회갑기념 여행까지 미루어 두었다. 큰댁이나 작은댁에 잠시 계셔도 되겠지만, 여러 사람 불편하게 하지 않는 것이 내가 편하다는 신조로 산다. 올해는 큰언니와 작은언니가 이구동성으로 하룻밤만 지내자고 하여 남편에게 어머니를 부탁하고 나서게 되었다. 음식 준비는 큰언니가 다 하셔서 작은언니와 나는 따라나서기만 하면 되었다.

때마침 동해안으로 태풍이 올라오고 있어 서해안으로 가기로 했다. 목적지는 안면도 삼봉 해수욕장이다.

아침 6시 30분 출발하였고, 주중이자 막바지 휴가시점이라 길이 막히지 않아 2시간여 달려 목적지에 도착했다. 서해안은 오래전 밧게 해수욕장에 다녀온 뒤 두 번째이다. 바닷가로 달려 나가 바다와 반가운 인사를 하고 폐부 가득 깨끗한 공기를 마셨다. 삼봉 해수욕장은 해송 숲 산책로와 바다 사이 사구가 있어 안전하고 고즈넉한 곳이었다. 텐트를 치고 돗자리를 깔아 정리정돈을 하고 아침을 먹었다. 큰언니 음식솜씨는 알아준다. 손수 가꾼 열무로 담근 맛깔스런 김치와 북어조림, 들깻잎 볶음, 멸치볶음의 밑반찬과 기르던 닭을 잡아와 점심에는 녹두와 황기, 인삼을 넣고 보양닭죽을, 저녁에는 오겹살 파티를 했다.

전날 저녁 언니가 형부께 제일 무거운 닭을 잡아오라고 했는데, 알을 낳는 암탉이 잡혀 수탉이 온 동네가 떠나가도록 큰소리로 울어 난리가 났다한다. 자다가 마누라를 잃어버렸으니 놀란 것은 당연하다며 우리는 한바탕 웃었다. 그러다가 닭의 처지도 안되었다 생각하니 숟가락을 쥔 손에 힘이 빠진다. 해송 숲 사이로 산책로가 잘 되어 있어 바닷가를 돌아 갯가에 나갔다. 마침 썰물 때를 만나 갯바위에 붙은 작은 고동을 잡았다. 말미잘과 파래가 있고 작은 굴도 있는데, 굴 먹는 시기가 지나

체취하지 않았다. 형부 친구 분 내외도 동행했는데, 어찌나 유머와 위트가 풍부한지 덩달아 추임새를 넣다가 허리가 아프게 웃었다.

오후에는 밀물이 들어 해안가를 거닐며 놀다가 저녁 썰물 때 작은언니와 게를 잡으러 나갔다. 여기저기 플래시 불빛이 새어나오며 갯벌에서 무엇을 찾는 사람들이 보인다. 꽃게가 허물을 벗는 시기인지 밀려온 것들이 흐물거려 줍지 못했다. 대신 작은 게들이 모래밭에 나와 구멍을 파기도 하다가 플래시를 비추니 모래밭에 바짝 엎드렸다. 나는 플래시를 비추고 언니는 달려가서 잡는데 게걸음이 어찌나 빠른지 불불거리며 날아가는 모양새가 너무 우스워 배꼽을 잡았다. 잠깐 사이에 30마리를 잡았다. 내일 아침 찌개 거리는 충분하다며 물에 담가두고 고스톱을 했는데 선무당이 사람 잡는다고 할 줄도 모르는 내가 3,000원이나 땄다. 간간이 하나님을 믿지 않는 언니 내외와 친구 분에게 하나님이 질병을 고쳐주신 간증을 곁들여 복음을 증거하였다. 캠핑카에서 일찍 잠자리에 들었는데 모기가 들어왔는지 잠을 설치고 말았다. 솔향기 향그러운 바닷가의 아침이 상쾌하다.

만월

    달이 무척 밝다. 한 점 구름 없는 맑은 밤하늘, 나목들이 일렬로 줄지어 서 있는 뒷동산 위로 둥실 떠오르는 달을 보니 고향생각이 절로 난다. 물속의 달을 붙들려고 뛰어들다 죽었다는 당나라 시인은 무슨 연유로 달을 그리 좋아했는지 모르지만 내게 달이란 고향을 상징하는 영원한 향수로 자리하고 있어서이다. 전래동요 중 "달아달아 밝은 달아 이태백이 놀던 달아 저기 저기 저 달 속에 계수나무 박혔으니"라는 가사가 있다. 달 속에 계수나무가 있고 방아를 찧고 있는 토끼가 있다는 말을 달의 흑백부분을 맞춰가며 사실이라 믿었던 시절이 있었다.

    아홉 짐의 나무를 하고 아홉 가지 나물에 아홉 번 오곡밥을 먹고 귀밝이술인 이명주耳明酒를 마신다는 대보름을 하루 남겨 둔 밤, 우리들은 너나없이 바가지를 들고 나물과 밥을 얻으러 다녔다. 이 집 저 집에서 가져온 잡곡밥과 나물을 바가지에 쓱쓱 비벼먹던 풍습은 잊을 수 없는 정겨운 추억 중 하나이다.

어머니는 새벽에 큰 옹기 시루에 찹쌀과 팥을 넣어 찰밥을 가득 쪄두고 마당에 불을 피운 후 우리를 부르셨다. 한 해 동안 무병안녕을 기원하며 각자 나이대로 가랫불을 넘으라는 것이다.

"가래넘세 가래넘세"

어머니가 먼저 불을 넘으시는데 펄럭거리는 치맛자락에 불이 붙을까 봐 마음을 졸였다. 오빠와 내가 다 넘을 때까지 잠꾸러기 작은언니는 아무 기척이 없었다. 보름 전날 밤 잠을 자면 눈썹이 희어진다는데 보름날 아침 언니의 눈썹이 정말 하얗게 변해 있었다. 그 후로 이태나 보름날 아침이면 언니의 하얀 눈썹을 볼 수 있었다. 잠이 많은 작은언니를 놀래주려고 어머니의 각본에 의한 오빠의 연출로 그리 된 것을 나중에 알게 되었지만 어린 마음에 그 말을 믿고 흰 눈썹 되는 게 싫어 눈을 비비며 잠들지 않으려고 애를 썼다.

보름날 아침 조반을 먹으며 어머니는 더위 팔기를 알려 주셨다. 누가 부르면 "내 더위!"라고 먼저 해야 올

여름 더위를 타지 않는다고 하셨다. 꼭 내가 먼저 더위를 팔리라 생각하고 탱자나무 사이로 숙희네 집을 기웃거렸다. 숙희도 아침을 먹었는지 막 대문을 나서고 있었다. 반가움에

"숙희야?" 불렀더니

"내 더위!"

"에구머니나!"

어머니가 단단히 이르셨건만 난 잠깐의 방심으로 숙희의 더위를 몽땅 사버리고 발을 동동 구르며 속상해했다.

보름달이 떠오르면 동네에서 가장 넓은 우리집 마당에서는 강강수월래가 열렸다. 머리를 땋아 댕기로 묶어 색색의 고운 한복을 입고 원을 그리며 도는 언니들이 몹시 부러워 나도 얼른 자라 언니들처럼 하고 싶었다. 그때의 노랫소리가 대보름 추억과 함께 아련히 들려온다.

"달 떠 온다. 달 떠 온다."

"강강수월래"

"뒷동산 위로 달 떠 온다."

"강강수월래"

설소리를 따라 강강수월래를 외치던 언니들과 신이

나서 함께 돌고 있는데 오빠가 부른다.

"숙아? 우리 쥐불놀이 갈래?"

"정말?"

"응. 따라 와."

평소에는 따라다니는 내가 귀찮아 거짓말을 하며 따돌리던 오빠가 방앗간에 몰래 들어가 기름찌꺼기를 깡통에 넣어두었다며 뒤안에서 가지고 와 하나를 건네준다. 강둑에는 벌써 아이들이 많이 나와 있었다. 불쏘시개를 넣어 빙빙 돌리다 불이 붙으면 허옇게 말라 버석거리는 풀 위에 불을 놓는다. 둑 여기저기 불이 타면서 피어오르는 연기에 함성을 지르며 콧구멍이 까맣게 될 때까지 쥐불놀이를 하고 놀았다.

보름이 지난 후에는 광 안의 쌀독과 장독, 사랑방의 나락 가마니 위에도 커다란 김밥이 올려져 있었다. 풍년을 기원하는 대보름 풍습이었던 것 같다. 시루에 가득 담긴 찹쌀밥은 여러 날을 두고 먹어도 물리지 않았다. 지금은 별식으로 보리밥을 해 먹지만 그 시절 고향마을은 주식이 거의 보리였기에 보름날 먹는 찰밥이 별미 중 별미였다.

다시 돌아갈 수 없는 시절의 추억들이 나목에 새순 돋듯 새롭다. 전원에서 자란 사람은 자연에 대한 사색과 느끼고 공감하는 정서가 다르다. 정보화 사회의 변화를 외면할 수는 없지만 컴퓨터 문화에만 길들여져 가는 아이를 보며 자못 걱정이 된다. 아이의 마음의 뜨락에는 어떤 정서가 자리하고 있을까?

동물의 언어

아침에 일어나면 새들의 지저귐이 반갑다. 어제는 전 깃줄에서 제비들 합창이 요란했다. 이른 봄부터 제비 부부는 포란과 양육을 위한 집을 짓느라 분주했다. 진 흙과 나뭇가지를 엮되 매우 세밀하고 정교하게 벽을 쌓 는 것을 보며 미물의 지혜에 감탄했다. 이제 새끼들을 키워 나는 것을 연습시키는지 그네들만의 말로 매우 자 세하게 알려주는 듯했다. 제비소리가 반가운 것은 어릴 적 부르고 놀았던 꽈리소리를 연상시키기 때문이다. 꽈 르륵 꽈르륵 하며 나의 추억을 열심히 풀어내는 모습이 귀엽고 사랑스럽다.

새들은 주로 수컷이 지저귀고 거의가 나랑 결혼해주 오, 라는 구애의 표현이라고 한다. 결혼해 주오 나랑, 이 든 어순은 중요하지 않는데, 띄어쓰기는 확실히 구분한다는 흥미로운 기사를 읽었다. 최근 스위스와 영국 생물학자들이 발견한 밤색머리 꼬리치레가 음소 혹은 단어라고 간주할 수 있는 음 단위를 조합해 의미를 전달한다는 사실을 밝혀냈다고 한다. 가령 '가' 만으로는 의미가 없는 단위를 "가나"를 합해 뜻을 전달하여 하늘을 나는 동료들을 부르고 "나가다"로 조합하여 새끼들에게 밥 먹을 시간을 알리기도 한단다. 우리는 흔히 새가 노래한다고 하는데, 인간이 구사하는 단어를 조합해 의미를 생성하는 행위를 밤색머리 꼬리치레가 해왔다는 것이다. 어디 그 새 만이겠는가. 이제 생물학자들의 연구를 통해 다양한 동물들이 단어를 전하는 모습을 발견하게 될 것이다.

우리집 은비나 고양이들도 목소리가 매번 같지 않다. 약간씩 다른 소리를 통해 자신의 뜻을 전달한다. 아침 일찍 고양이 삼 형제 밥을 주고 들어왔는데도 루루가 불만 섞인 목소리를 낸다. 나가보니 자기는 밥을 안 먹었다는 것이다. 녀석이 간식인 캔을 기다리고 있다가 안 주니 나름대로 내게 의사전달을 한 셈이다. 또미와 장군이는 벌써 먹고 하루를 시작했는데, 루루는 자기 의사를 전달하여 맛있는 간식을 챙겨먹고 나서야 시야에서 사라진다. 짐승들도 자기 의사 표현을 사람이 알아듣게 하는 것이다. 사람이 만물과 대화를 나눌 수 있다면 어떤 상황이 벌어질까? 같은 언어를 쓰게 된다면 좋다기보다는 일대 혼란이 일어날 것이다.

　더 많은 단어와 성조 연구로 "만물단어대백과"도 나올 것이고 인간들은 더 많은 것을 연구하고 공부하여야 하는 힘든 상황에 처하게 될 것이다. 만물은 문학이 허구라고 떠들어 대지는 않을지, 생각만 해도 오싹하다. 그동안 내가 사물을 표현한 언어들을 그네들이 읽고 뭐라고 할 것인가. 상대방의 뜻을 왜곡하여 전달한 것도 많을 것이고, 나의 정서대로 해석을 하여 적어댔으니 참 한심하다 할 것이다. 다행히 그런 세상이 올 리 만무다. 그래서 나는 언제나처럼 내 식으로 해석하고 글을 쓸 것이다. 우주만물의 주인이시며 만물과 소통하시는 전지전능하신 하나님의 위대하심을 묵상하며 찬양하는 아침이다.

지하철 충무로역 문화공간

4호선 충무로역은 자주 들르는 역이다. 지하철역마다 역의 유래나 이름에 맞는 특성을 살려 특화구역으로 만든 것은 매우 바람직하다. 충무로는 영상문화의 메카답게 영화에 관한 자료나 벽보를 통해 우리 영화의 변천사를 보여주고 있다. 며칠 전 지나다보니 아트센터 재미동이라는 쉼터와 갤러리까지 운영되고 있었다. 작은 공간을 최대한 활용하여 문화공간으로 탈바꿈시켜 지하철 승객들에게 볼거리를 제공해주고 있었다. 작지만 깔끔하게 단장된 갤러리에 들렀더니 이주형 화가의 개인전이 열리고 있었다.

이른 시간이라선지 아무도 없는 전시장에서 혼자 작품을 감상하며 사진을 촬영하고 방명록에 서명한 후 행사 안내 팸플릿 하나를 챙겨 나왔다. 작품전시회 타이틀

이 '沙丘'여서 저절로 생각이 깊어진다. 사구의 사전적 의미가 "해안이나 사막 따위에서, 세찬 바람이나 바닷물 따위에 의하여 모래가 운반되고 퇴적되어 이루어진 언덕"인데 예술가의 상상력은 놀랍다. 사람의 얼굴을 묘사하면서 사구라 이르고 있으니 그 사유의 세계가 깊지 아니하다 할 수 없다.

세대에 따라 달라지는 얼굴의 퇴적층을 떠올려보게 된다. 그 형상이 드러나지 않은 어린아이의 얼굴에서 노년에 이르기까지 우리의 얼굴에는 삶의 무늬가 고스란히 나타난다. 다양한 유형의 비와 바람과 구름 낀 시절이 있는가 하면, 봄볕처럼 따사롭고 보드라운 시절도 있어, 여러 형태의 풍화현상을 적나라하게 보여주고 있다. 자신에게 주어진 환경의 영향을 받을 수밖에 없는 사람의 얼굴을 잘 표현한 작품들이다.

얼굴은 마음의 거울이다. 좋은 생각과 말과 행동을 의식적으로 자주하고 사는 사람은 얼굴에도 드러날 것이다. 아침에 묵상한 말씀 중 "무엇이든지 밖에서 사람에게로 들어가는 것은 능히 사람을 더럽게 하지 못하되 사람 안에서 나오는 것이 사람을 더럽게 하는 것이니라"(마가복음7:15) 말씀하시고, 손을 씻지 않고 먹은 음식이 우리를 더럽게 하는 것이 아니라는 것과 "속에서, 곧 사람의 마음에서 나오는 것은 악한 생각과 음란과 도둑질과 살인과 간음과 탐욕과 악독과 속임과 음탕과 질투와 비방과 교만과 우매함이니 이 모든 악한 것이 다 속에서 나와서 사람을 더럽게 하느니라"(마가복음7:21)라고 말씀하셨다. 우리의 마음이 얼굴로 드러나는 증거가 충분하다고나 할까.

이주형 작가의 작품이 내게 강하게 어필하는 이유를 삶에서 찾고 싶다. 예술이 우리 삶과 밀착된 지점에서 탄생하는 것이어서 우리는 거기에 호응하며 열광하기도 한다. 오늘 나의 삶이 미래의 내 얼굴이다. 잠시 감상한 갤러리의 작품이 어떻게 살아왔는지 지난 삶을 돌아보고 어떻게 살아갈 것인지 미래의 삶을 설계해 보는 성찰로 이끌었다. 인생의 고해와 각자에게 주어진 희노애락 속에서 우린 어떤 형태의 얼굴을 만들어가며 살고 있는 것일까? 돌아오는 차 안에서 건너편 좌석에 앉은 사람들의 얼굴에 자연스레 눈길이 간다. 예술이 우리에게 무엇을 교훈하고 있는지 그 효용성을 새겨보는 시간이기도 했다.

열정은 나이와 상관없다

이른 시간에 미용실에 들렀다. 머리 드라이를 마치고 핸드백에서 지갑을 찾으니 없었다. 난감했다. 내가 첫 손님 같은데 이런 낭패가 어디 있나 싶었다. 그런데, 시간이 늦을까봐 머리를 하면서 콜택시까지 불렀다. 집에 다녀올 시간이 안 되어 걱정하는 나에게 원장이 택시비 만 원까지 빌려주었다. 이런 고마울 데가 있나 싶었다. 처음 머리를 하러 왔는데 나를 어떻게 믿고 드라이 값도 치르지 못한 내게 돈까지 빌려준단 말인가. 고마움에 감동이 되어 일단 감사하단 말을 남기고 택시를 타고 약속된 장소로 갔다.

대체로 약속시간을 잘 지키며 산다. 강의실을 빙 둘러 원고가 쌓여 오전 10부터 시작된 심사는 저녁 7시가 되어 마치게 되었다. 그 다음 날 본심을 위해 원고정

리와 간추리는 작업을 마무리한 후 집에 도착했다. 저녁 7시 20분이었다. 시어머니 저녁식사만 드리고 바로 8시 강의를 위해 나섰다. 고마운 미용실 원장에게 대단히 죄송한데 오늘 부득이 갈 수가 없어서 내일 가겠다고 했더니 그러시라고 흔쾌하게 답한다. 다음 날 아침 일찍 갔더니 아직 문을 열지 않았다. 전화를 하고 기다리니 원장이 환하게 맞아준다. 머리를 만지며 저를 어떻게 믿고 그렇게 해주셨냐고 물으니 목소리가 아주 좋고 열정이 느껴져 기분이 좋았다며 믿어도 될 사람이라 여겼단다.

세상에, 목소리가 좋고 열정이 느껴져 믿을 만한 사람으로 생각했다니 이런 칭찬이 어디 있을까 싶었다. 팁을 넉넉히 주고 예수님을 전하고 나왔다. 누군가 나에게 그런 말을 했다. 항상 당당한 모습이 좋더라고. 내가 누군가, 하나님의 자녀 아닌가. 천하 만물의 주인이신 하나님이 내 아버지시니 당당하지 못할 이유가 무엇인가. 당당함이 그분께로 말미암는다. 가끔 건망증으로 물건을 놓고 오거나 잃어버리는 내가 며칠 전 기도를 했다. '하나님, 나도 나 자신을 잘못 챙기네요. 하나님이 대신 챙겨주세요.' 라고. 누군가 웃을 지도 모른다. 그러나 사실이다. 내 몸에 지닌 것들을 잘 잃어버리고 메모하지 않으면 일정도 잊어버리니, 아니 메모한 것을 들여다보지 않아 잊을 때도 있으니 어쩐단 말인가.

그러나 나이와 상관없이 열정이 넘친다는 말을 듣는다. 그 열정으로 여러 가지 일을 해내는가보다. 이 나이에 열정이 넘치는 것도 복이다. 성우 같다느니, 뭔가 중요한 일을 하는 사람 같다느니, 흡인력이 있다는 둥 목소리만으로도 사람을 평가하다니 흥미롭다. 나 자신은 잘 모르겠다. 암튼 목소리만으로 신뢰를 받은 작은 사건이 이 글을 쓰게 한 건 분명하다. 사람마다 천차만별의 음성이 있을 텐데, 목소리로 남을 감동시키는 것도 하나님이 주신 달란트라 여겨진다. 콧노래가 절로 나온다.

김치 냉장고 소동

늘 같은 내 손맛인데 해마다 김치 맛은 조금씩 다르다. 배추와 젓갈, 소금 간과 양념의 양 등 여러 가지 변수가 많아서일 것이다. 우리 집 김장은 전라도식이다. 시원하고 칼칼한 경기지방 김치와는 달리 사골을 푹 고으고 몇 가지 젓갈과 생새우와 찹쌀죽, 잘게 썬 양념을 듬뿍 넣어 계미 있고 맛깔스러우며 깊은 맛을 낸다.

바쁘다는 핑계로 2년 동안 묵혀 두었던 밭을 아까운 땅을 놀린다며 올해는 큰언니가 일궜다. 가끔 밭에 가서 언니와 말동무를 하며 농사를 거들고 무공해 배추와 고구마, 고춧가루까지 가족이 먹고 남을 만큼 넉넉하게 가져왔다. 배추 값이 비싼 올해 언니가 밭에서 가꾼 겉이 얇고 속이 노란 무공해 배추에 무농약 고춧가루로 김장을 하게 되어 마음이 흡족했다. 어느 해보다

간이 딱 맞고 감칠맛이 났다. 여기 저기 한 두 쪽씩 나누었더니 맛있다고들 이구동성으로 말해 은근히 기분이 좋아 먹고 싶으면 언제든지 말만 하라고 했다. 지난 가을부터 김치 냉장고가 조금씩 얼어 수리를 마치고 김치를 그득 채워 놓으니 월동 준비를 다 해놓은 듯 뿌듯했다.

겉절이를 먹다가 며칠 후 맛이 들었거니 하고 김치 냉장고를 열어 본 순간 기절할 뻔했다. 김치 냉장고 왼쪽 칸에서 더운 김이 확 솟는 것이었다. 안을 만져보니 너무 뜨거웠다. 놀라 오른 쪽을 열어보니 김치통 뚜껑이 열려 있었다. 너무 많이 얼어 부피가 커지면서 뚜껑이 열려 버린 것이다. 어찌 이런 일이…. 남편에게 보였더니 수리를 한 기사를 불러 보여주라고 했다. 기사에게 전화를 하니 가까운 곳에 있었는지 곧장 달려왔다. 기사도 놀라는 표정이 역력하다. 다시 고칠 엄두가 안 나는지 보상해드릴 테니 조금만 기다리라며 갔다. 속이 너무 상했다. 어느 정도여야지 왼쪽 김치는 아예 열로 익었으니 플라스틱 김치통에서 흘러나왔을 환경 호르몬 생각에 찜찜해서 그냥 버려야 했다. 오른 쪽 꽁꽁 언 김치통은 삼일이 지나자 냉장고에서 빠져나왔다. 언 김치는 양념이 너무 아까워서 찌개라도 해먹으려고 냉동실에 넣었다.

이틀 후, 그 기사는 전화를 해서 대뜸 김장 비용이 얼마 들었냐고 묻는다. 고춧가루, 배추, 양념값을 포함해서 30만 원 쯤 된다고 했더니 그쪽에서는 10만 원 정도 생각하고 있다는 것이다. 거참, 말하는 게 도무지 생각이 없는 사람 같아 "이봐요. 30만원 아니라 50만원이래도 어디 가서 저희 김치와 같은 김치를 사올 수가 없어요." 왕복 두 시간이나 되는 거리를 언니가 매일 아침 오가며 배추벌레를 바가지로 잡아내고 키운 무공해 배추와 고추, 장마로 방에 보일러를 때가며 말린 무공해 고춧가루며 어찌 돈으로 환산이 되는가 말이다.

또 사흘이 지났다. 김치 생각을 하다가 속상해서 전화를 했더니 처리 중이며 이틀 정도 있다가 연락이 갈 거라고 한다. 냉장고 수리는 어떻게 할 거냐고 물으니 김치 보상이 끝나는 대로 해결할 거란다. 맛이 좋아 아껴먹어야지 했던 올 김장은 김치 냉장고 소동으로 흡족한 내 마음을 몽땅 앗아가 버렸다. 아, 입에 척척 붙던 우리 집 김치맛이여!

오페라, 한여름 밤의 낭만

　찜통더위가 기승을 부리던 주말 저녁 '오페라, 플라멩코를 만나다'를 감상했다. 스페인의 왕당파와 공화당파의 갈등이 깊어져 시민들의 봉기로 민중항쟁의 물결이 밀어닥치던 스페인 내전 시기가 배경을 이루고 있다. 동서고금을 막론하고 남녀의 사랑을 그린 주제는 달콤하고 아름답다. 비록 시련에 직면하여 이루어질 수 없다 하여도 애틋하기만 하다.

　성공과 야망을 위해 첫사랑 루이사를 버리고 귀족 까를리나의 유혹을 받아들이는 하비에르, 마음 한편으로는 루이사에게 미련을 버리지 못한다. 야망과 사랑을 모두 쟁취하고 싶어하는 욕심쟁이다. 하비에르의 배신에 절망하고 슬퍼하는 루이사 앞에 또 다른 사랑이 나타난다. 루이사의 실연의 아픔을 어루만지며 진실한 마음으로 다가서는 비달, 두 사람의 사랑을 목격한 하비에르는 질투의 감정에 사로잡힌다. 전쟁 중에서도 사랑은 무르익어 비달은 루이사와 결혼식 준비에 바쁘다. 그러나 전쟁 중 사라졌던 하비에르가 나타나 루이사에게 용서를 빈다. 첫사랑의 순수함을 마음속에 간직했던 루이사는 깊은 갈등에 빠진다. 이를 눈치챈 비달은 두 사람을 보내준다. 진정한 사랑은 자신이 앓게 될 상처까지도 기꺼이 상대방을 위해 감수할 수 있는 마음인 것이다.

순수한 사랑의 남녀 관계와 출세와 야망을 위한 가식적인 사랑의 구도는 특별히 새로울 것은 없다. 다만, 식상한 이야기의 플롯을 어떻게 연출하느냐가 관건이다. 의상이 한껏 무드를 살린 데다 음악성이 뛰어난 성악가와 배우들의 연기가 돋보였다. 특히, 해설자의 재치 있는 멘트와 코믹한 오버액션이 웃음을 자아냈으며, 중후한 음색의 바리톤 성악가인 지인이 비달 역의 자연스런 연기까지 또 다른 매력을 보여주었다.

연극과의 접목을 시도하고 있는 크마 앙상블의 연주와 무용수들의 화려하고 경쾌한 플라멩코 춤도 볼 만했다. 플라멩코는 에스파냐 남부 안달루시아 지방에서 예로부터 전하여 오는 민요와 무용, 주로 기타 반주와 무용에는 캐스터네츠가 많이 사용되어 격렬한 리듬과 동작이 특징이다. 1, 2막으로 나뉜 두 시간의 공연이 전혀 지루하지 않는 까닭은 음악이 주도하는 오페라의 특성 때문이다. 대작은 아니어도 한여름 밤의 더위를 시원하게 날려 준 감동의 시간이었다.

탈북 청소년들 백일장 및 과천문화탐방

　　민주평화통일자문회의 과천협의회에서 주최한 '탈북 청소년 백일장과 과천문화탐방'이 오전 10시부터 있었다. 과천향교에서 유생복과 유건을 입은 아이들이 백일장에 참여하고 과천과학관, 렛츠런 파크에서 다양한 것을 보고 경험하도록 도와주었다. 아이들이 밝고 명랑하여 다행이었다. 탈북 청소년들을 돕는 안산 "○○집"에서 사는 아이들인데, 부모와 함께, 엄마와 자매만 남한으로 와서 여러 사정으로 한집에 살지 못하고 있다. 만날 때마다 안쓰럽다. 제출한 글을 읽다보니 그런 마음들이 전해져 울컥하였다.

　　결혼도 안 한 남자분이 운영하고 있는데, 거의가 정기후원으로 이루어지고 있다고 했다. 나라에서 지원해주는 것이 없어 상황이 안 좋으면 이사를 가야하기도 한단다. 하나하나 머리를 쓰다듬어 주었더니 금방 친근하게 다가온다. 누구는 누구를 좋아한대요, 라며 내게 고자질하는 아이도 있었다. 글짓기 장원은 고1 학생이 받았다. 북한에서의 회상과 현재의 상황을 뭉클하게 잘 썼고 맞춤법도 정확했다. 열심히 써서 꼭 작가가 되라고 말해주었다.

말에게 먹이를 주는 체험을 하고 말 병원도 가 보았다. 경기에 나가야 되는 말을 기수가 데리고 가는데 싫다는 말도 있었다. 쉬고 싶기도 할 테지, 사람이 동물의 마음을 모르니 인간의 놀이에 희생양이 되는 것 같아 안쓰러웠다. 경마장이 사행성 이미지를 벗으려고 안간힘을 쓰는 것 같다. 이름도 렛츠런 파크로 바꾸고 음악회와 직업알선, 영화상영도 하며 젊은 부부들까지 불러들이고 있다. 아이를 데리고 나들이 온 부부들이 많았다. 모처럼 굽 높은 하이힐을 신었더니 종일 피곤했다.

조락의 계절이다. 단풍잎들이 바람에 날리며 스산한 풍경을 내걸고 있다. 모두가 행복한 세상은 요원한 일인가. 자유를 찾아 힘겹게 우리나라에 온 아이들이 눈에 밟힌다. 밝고 맑고 건강하게 성장하여 남북통일의 주체가 되기를 기원한다.

'탈북 청소년 백일장 5분 강의'

여러분 반가워요! 오늘 백일장을 진행하게 될 최연숙 시인이에요.

혹시 권정생 작가의 동화 《강아지똥》을 읽어본 적 있나요? 읽어본 학생은 손들어 보세요?

가장 인상적이었던 부분이 어디였는지 말해볼래요?

아무리 하찮고 쓸모없어 보이는 존재도 그 나름의 소중한 가치와 의미를 지니고 있다는 교훈을 주고 있어요. 또한 나를 희생하여 세상을 아름답게 만드는 따스한 메시지가 담긴 아동문학을 대표하는 작품이니 꼭 읽어 보라고 권하고 싶어요.

흙 한 줌, 돌멩이 하나, 풀 한 포기도 세상에서 쓸모없는 존재는 없습니다. 하물며 사람은 더욱 그러하겠지요?

여러분 모두는 세상에서 가장 소중한 사람이란 사실을 늘 잊지 않았으면 좋겠어요.

지금부터는 글짓기에 대해서 간략하게 이야기할게요. 글짓기는 절대 어렵지 않다는 것을 말해주고 싶어요. 글은 잘 꾸미려고 하기보다는 진솔하게 쓰면 됩니다. 그렇다고 글짓기가 하루아침에 잘 되는 것은 아니지요. 그러나 선생님 말을 귀 기울여 듣고 실천한다면 자신도 모르게 글짓기 실력이 쑥쑥 자라는 것을 경험하게 될 거예요. 해법이 무엇일까 궁금하지요? 절대 어려운 일이 아니에요. 일기를 매일 쓰는 거예요. 그날 있었던 일 중 가장 기억에 남은 일을 제목으로 정해서 쓰는 거예요. 또 한 가지는 길을 걷다가 자연에게 말을 걸어 보세요. 예를 들면, 풀꽃 한 송이를 만났을 때, "풀꽃아 혼자여서 외롭지? 나하고 놀까?"라고 물어보는 거예요. 그러다 보면 어느 날부터는 풀꽃이 내게 말을 건넵니다. 그 말을 받아 적으면 멋진 글이 되기도 하고요. 글쓰기는 절대 어려운 것이 아니니 매일 일기 쓰는 것 꼭 잊지 마세요. 물론 좋은 책도 많이 읽어야 하고요.

오늘 글쓰기의 주제는 '고향', '통일'이예요. 우리 친구들 고향하면 할 말이 무척 많을 것 같아요. 통일도 그렇지요? 글에는 고향 사투리가 들어가도 좋아요. 자, 그럼 이제부터 글짓기를 시작해 볼까요?

산문이나 운문 즉, 시나 수필 형식으로 써보는 거예요. 편안하게 써보세요.

아침바다가 부르네

아침바다와 만나자고 해송 숲 산책로를 걸었다. 혼자 걷는 호젓한 숲길, 소나무 위에서 청솔모 두 마리가 쫓고 쫓기는 놀이로 즐겁다. 하늘은 수채화를 그리고 바다는 정리정돈을 마친 듯 말쑥하다. 솔향기 상쾌한 길에서 자주 흥얼거리는 동요와 가곡을 나직나직 불러본다. 바다도 오전과 오후, 아침과 저녁의 얼굴이 다르다. 방향에 따라서도 다르다. 그러니 바닷가에 살고 있는 사람들이 무료하지 않은 것이다. 그뿐인가, 일기에 따라 다르고 밀물과 썰물이 변화를 준다. 무섭게 밀고 들어오다가도 제 민낯을 보여주기도 하며 사람에게 친근하게 다가오는 것이다.

갈매기 한 마리 허물 벗은 게를 쪼아 갯가에 물어다 놓고 큰소리친다. 이래 봐도 나 먹을 아침식사는 마련했

다는 눈치다. 이건 내 밥이니 아무도 탐내지 말라는 제
스처 같기도 하다. 그 행동에서 일찍 일어나는 새가 먹
이를 잡는다는 말을 떠올린다. 날짐승이나 벌레나 이유
없는 소리나 몸짓은 없다. 사람들의 임시 거처인 텐트
밖에도 아침식사를 준비하느라 밥 냄새와 된장찌개 냄
새 구수하게 흐른다. 해안가 사구 모래밭에는 초록식물
이 싱싱하게 잘 자란다. 고추잠자리도 반가운지 내 머리
카락을 스치며 낮게 날아간다.

아침바다는 어부의 기대와 설렘이 있어 좋다. 고기잡
이를 나가는 어부를 위해 아침밥을 준비하는 아내의 분
주한 손길까지도 어여쁘게 느껴질 시간이다. 지난 밤
두 언니와 밤새워 이야기를 했다. 우리만이 공유할 수
있는 이야기는 풀어도 풀어내도 줄어들지 않았다. 고
향바다에서 대맛과 게와 운지리(망둥어), 고동과 기양
죽(재첩)을 잡아 한솥 가득 삶아 덕석에 앉아먹던 여름
저녁, 짱둥이를 잘 잡았던 인자 언니와 점심이 어머니,
우리 가족의 추억을 큰언니는 내가 알지 못하던 일까지
기억하여 들려주었다. 제각각 분주하게 사느라 자주 만
나지는 못한다. 혈육지정이란 몇 마디 말만으로도 서로
의 속내가 훤히 드러난다.

산책에서 돌아오니 아침준비를 다 마치고 상을 차리

고 있었다. 어제 오후에 주워온 고동과 저녁에 잡은 게와 감자, 호박에다 된장을 풀어 찌개를 끓였는데 구수하고 쌈박하다. 갯것이 들어가야 국물 맛이 시원하다. 큰언니가 수확한 녹두를 넣어 압력솥에 지은 윤기가 자르르한 밥도 맛있다. 아침은 거의 먹지 않고 야채와 과일로 대신하는 나도 낯선 곳에서의 아침식사에 끌린다. 역시 음식은 여럿이 먹어야 맛있다. 아침을 먹고 게가 많은 꽃지 해수욕장에 가기로 하여 짐을 꾸렸다. 여행은 짐을 싸고 푸는 일의 반복이다. 인생도 그와 일반이다.

시민의 날 행사

과천의 가을은 풍성한 문화행사의 연속이다. 한마당 축제를 시작으로 시청 앞 잔디마당이나 여러 공원과 길거리에서 다양한 행사가 펼쳐진다. 오후 2시에 중앙공원으로 나갔다. 오늘 행사 중 백일장 심사와 시 낭송 진행이 있어서이다. 시민의 날 행사이기도 해서인지 여러 단체들이 연합해서 행사가 진행되고 있었다. 사진과 그림들이 공원에 전시되었고 시민노래자랑, 한지공예 체험과 먹거리 장터는 누구든지 참여하는 행사였다.

야외 음악당에선 과거 재현 글짓기가 진행되었다. 갓을 쓰고 흰 두루마기를 입은 아이들의 눈빛이 진지했다. 갓 쓰고 두루마기를 입으니 선비가 된 느낌인가 보다. 신발을 가지런히 벗고 정중하게 앉은 폼이 예사롭지 않다. 어떤 의상을 착용하느냐에 따라 마음자세도

달라지는 것은 분명하다. 행동거지가 자못 진중해 보이는 게 선비다운 면모를 엿보게 했다. 47명의 아이들이 참여한 호응도가 높은 행사였다. 늦게 달려온 엄마들도 아이들을 참여시키고 싶어 했으나 이미 마감된 후라서 어쩔 수 없었다.

　운문와 산문으로 구별해서 운문의 심사는 내가 맡았다. 아이들의 작품을 하나하나 신중하게 살펴보았다. 어떤 아이들은 엄마가 참여를 시키니 마지못해 몇 자 적어 내기도 했고 시제와는 전혀 다른 제멋대로의 글을 적기도 했다. 그중에는 제법 시의 요소와 운율까지 읽혀지는 아이들의 글도 있었다. A와 B로 구분하고 다시 장원과 차상 둘, 차하 셋을 선별했다. 수준차가 컸다. 똑같이 공부를 했으련만 원고지 쓰는 법도 모르는 아이, 띄어쓰기가 전혀 안 된 아이도 있었다. 그중 한 아이의 글이 눈에 띄었으니 초등학교 3학년 여자아이의 글이었다. 시의 구조와 짜임새, 시어의 참신함까지 군더더기 없는 글에 깜짝 놀랐다. 동시의 특성을 띤 시는 지나친 반복과 산문처럼 풀어져 차상으로 돌렸다. 차상과 차하는 두루마기를, 장원은 어사화를 씌우고 자줏빛 비단 옷을 입혀 혁대를 두르니 장원급제한 선비 같았다. 아이가 작다보니 옷이 땅에 끌렸다. 솜털이 보송

한 하얀 얼굴을 가진 아이가 얼마나 맹랑한지 "어제 꿈을 잘 꾸었니?" 물으니 천연덕스럽게 "개꿈을 꾸었는데요." 한다. "열심히 시 쓰기 훈련을 해서 이담에 꼭 훌륭한 시인이 되길 바란다."고 덕담을 해주었다.

이어서 어린이 시 낭송 진행을 했다. 시 낭송의 실제에 대해서 알려 준 후 시 한 편을 먼저 들려주었다. 아이들이 생각보다 또랑또랑한 목소리로 낭송을 잘했다. 네 살쯤 되었을까. 엄마가 데리고 나온 한 아이가 시를 암송해서 낭송하여 나를 포함해 청중들이 놀랐다. 시 낭송에 대한 부모와 아이들의 관심이 대단했다. 이제는 문학이 독자를 찾아가는 시대라고들 한다. 문학 뿐 아니라 예술이 사람들이 많이 모이는 공원이나 지하철역과 같이 장소의 구분 없이 대중과 함께 호흡하고 있다. 그런 면에서 부모와 아이들이 함께 했던 야외에서의 시 낭송은 시와 친숙해 질 수 있는 좋은 기획이라 여겨진다. 한 시간 동안의 시 낭송을 끝으로 행사를 마무리했다.

PART 4
밤에도 온기가 있다

친구와 고등어

올 여름에는 비가 참 많이 왔다. 조석으로 선선한 바람이 부니 이젠 가을이다. 막바지 햇볕이 내리쬐어 벼와 과일, 밭작물이 잘 익어야 할 텐데 오늘도 어김없이 장대비가 창문을 요란하게 두드리고 있다. 도시에 살면서도 농사짓는 것을 좋아해 올해는 고추를 백 포기 심었더니 농약도 하지 않고 가꾼 무공해 고추가 주렁주렁 열려 지난주에는 두 포대를 따왔다.

그런데 이 고추가 나의 발을 묶어놓고 있다. 햇볕이 나면 재빨리 옥상에 널었다 하늘이 잿빛으로 변해 빗방울이 떨어지면 거두어들였다 하기를 몇 날이던가. 이런 날씨를 구전에 호랑이가 장가든다고 했다던가. 웃을 말이지만 얼마나 많은 호랑이가 장가를 들길래 이리 날씨가 변덕인지 알다가도 모를 일이다. 올해는 고추 병충해가 심해 전국적으로 흉년이 들어 고추 값이 예년보다 훨씬 더 비싸다고 한다. 이 아까운 고추를 거의 반을 골아서 버리고 날마다 끌어안고 하늘만 쳐다보고 있으니 안타까운 일이 아닐 수 없다.

연일 비를 퍼부으니 습도가 높은 탓인지 보일러를 틀어 놓아도 몸이 개운치가 않다. 이럴 땐 뜨거운 사우나에서 몸을 푸는 것도 좋은 방법이다 싶어 목욕탕으로 발길을 옮겼다. 아침부터 비가 오니 마음 푹 놓고 사우나에서 한나절을 보내야겠다. 우리나라 사람들은 계란을 놓아두면 익어버리는 뜨거운 한증막 속에서도 시원하다, 시원하다를 연발하고 뜨거운 것을 먹으면서도 시원하다고 하니 참 아이러니가 아닐 수 없다. 혹, 한국말을 알아듣는 외국인이 그대로 알아듣고 뜨거운 것을 단숨에 마셔 버렸다 하자. 이만저만 낭패가 아닐 것이다.

이런저런 다소 엉뚱한 생각을 하면서 탈의실 옷장 키를 여는데 전화벨이 울렸다.

"네에? 택배라고요?"

"옆집에도 사람이 없어 계단 위에 놓아두고…."

오늘은 택배로 물건을 부쳐 올 데가 없는 것 같은데 누가 무엇을 보낸 것일까? 궁금증이 도져 맘 편히 목욕하긴 애시당초 글렀다. 대충 목욕을 끝내고 집에 오니 하얀 스티로폴 상자가 계단에 놓여 있었다.

"어? 고향에서라?"

뚜껑을 열어보니 가시가 발라진 고등어가 반쪽씩 하나하나 정성스레 포장이 되어 있었다. 고향 농협에 근무하는 친구가 일전에 내게 전화를 해왔다. 고향에서 저농약으로 정성스레 가꾼 쌀을 판매한다고 해서 우리 먹을 것과 그동안 마음에 두고 있던 곳에 한 포를 배달시켰다. 값도 싸고 질 좋은 쌀을 사먹게 돼 여간 기분이 좋은 것이 아니었다. 고향을 지키며 어려운 농촌생활을 하고 있는 고향사람들을 생각해서도 내 고향 쌀을 당연히 팔아줘야 옳음에도 친구는 고마움의 표시로 정성스레 포장한 고등어를 부쳐 온 것이다.

고등어자반은 짜지 않고 맛도 좋아 밥맛없는 여름 한철을 거뜬하게 넘기며 초가을까지 한 마리씩 구워 먹었다. '고등어와 어머니'란 노래가 있었다. 나도 가끔 고등어를 볼 때면 흥얼거리게 되는 노래이다. 고등어구이를 먹을 때면 나는 '어머니와 고등어'란 노래를 '친구와 고등어'란 노래로 가사를 개사해서 부르곤 했다. 냉장고에서 고등어를 꺼낼 때마다 친구의 얼굴이 떠올랐다.

잠시 이 친구의 이야기를 하고 싶다. 우리 가족이 고

향을 떠나온 지 삼십 년이 지났다. 친구와 나는 긴 세월을 헤어져 살았고 서로에게 특별히 관심을 기울인 일도 없었다. 고향에서 그저 가까운 이웃으로 살았을 뿐이다. 그러나 많은 날을 친구는 내 꿈길의 단골로 등장했다. 주인인 내 허락도 없이 말이다. 유난히 고향과 어린 시절을 그리워하는 내 의식의 한 부분을 그 친구가 자리하고 있는 것인지, 그리하여 무의식의 꿈을 통해 나타나게 되는 것인지도 모를 일이다. 일전에 만났을 때 친구의 건강이 예전과 달라 걱정이 된다.

고향과 친구와 고등어가 이 저녁 다시 돌아갈 수 없는 유년의 들꽃 피던 바닷가 긴 원둑을 서성이게 한다.

'그리운 것들은 산 뒤에 있다'고 누가 말했던가. 점점 더 멀어져만 가는 세월의 뒤안길을 우린 늘 그리워하며 산다.

친구여, 다시 만나는 날 건강한 웃음을 선물로 받을 수 있기를 바란다.

가을 소묘素描

잿빛 하늘 위로 붉은 아침 해가 떠올랐습니다. 눈자위가 더 붉은 것을 보니 밤새 가을을 앓았나봅니다. 가을은 사람만 앓는 것이 아니었습니다. 햇살뿐 아니라 개울도 요즘 자주 뒤척이며 물살을 보내는 소리가 여느 때와 달랐습니다. 개울가의 풀들도 노랗게 가을을 앓고 있습니다. 지나던 사람들의 마음을 자꾸 흔들던 살사리꽃도 잎을 떨구고 씨앗이 여물며 가슴이 검으레 타고 있습니다. 생각 없이 크게 몸을 키워버린 감들도 얼굴을 붉히며 그 무게를 견디느라 힘겨워합니다. 홍엽으로 물이 들어 신이 난 것은 담쟁이 잎들입니다. 바람에도 끄떡없이 벽에 꼭 달라붙어 고운 미소를 살랑이고 있습니다.

이즈막 밤이면 풀벌레 소리 요란합니다. 풀벌레들은

풀의 향기를 좋아합니다. 가을 풀은 유난히 향기가 짙습니다. 풀들이 사위기 전 풀의 품에 안겨 한 생을 울어댑니다. 풀벌레도 혼자의 소리는 쓸쓸합니다. 독창보다는 합창이 더 아름답다는 것을 저보다 먼저 알고 노래하는 것입니다. 초가을 꽃들이 자리를 내어 준 자리에 언니와 같은 국화가 찬물에 말끔히 세수하고 나온 산뜻한 모습으로 마음을 씻기어 향기를 품게 합니다. 국화향기는 오래 맡아도 머리가 맑습니다. 여름 꽃들처럼 요염하지도 않습니다. 소롯길을 지나다가도 국화 곁을 결코 그냥 지나치는 법이 없습니다. 선비의 고아한 지조를 닮은 청아한 화순과 잎새입니다. 요산요수로 시야에 들어오는 풍경마다 감흥을 고조시켜 상념의 줄기를 키워가며 계절의 징검다리를 건너왔습니다. 봄을 보내고 여름을 건너 어느덧 가을에 당도하였습니다.

가을 햇살에 말린 빨래에서는 투명한 가을공기 냄새가 납니다. 싸한 바람의 향내까지 맡아집니다. 이불호청을 반듯하게 개키다가 불이 단 숯을 대루에 넣어 다림질을 하시던 어머니를 떠올립니다. 천 끝을 잡으며 어머니의 손놀림에 데일까 걱정하며 자꾸 천을 찌그리던 나를 아랑곳 않으시고 능숙하게 다림질을 하셨습니다. 지금은 전기다리미가 그 일을 대신해주고 있습니다. 문득

옛 생각이 나는 것은 너무 빨리 지나버리는 가을햇살 때문입니다. 그 햇살에 마른 빨래들이 기억을 불러내고 있기 때문입니다. 퇴색되지 않은 기억의 자리들이 삶의 여정 속에서 불쑥불쑥 나타나 과거로의 시간여행을 떠납니다. 되돌릴 수 없는 시간의 기차를 타고 가을 한가운데 있는 추억역을 지나고 있습니다. 싸락눈이 내리기 전까지 이냥 가을 뜨락에 앉아 있겠습니다. 기억이여 잠시 안녕.

설 연휴를 보내며

　예상대로 올 설에는 장보기부터 불편을 겪었다. 21년 동안 과천시민들의 장보기 대표 쇼핑몰이던 '뉴코아 백화점'이 문을 닫았기 때문이다. 명절 안에 이마트가 개점을 하려나 기대했는데 언제 입점을 하려는지 불투명하다. 평촌 농수산물시장과 농협마트, 골목시장에서 장을 봤다. 메모를 꼼꼼히 하여 장을 본다. 메모를 확인하며 물건을 사면 빠진 물건 없이 완벽한 장보기가 된다. 설 삼 일 전 나박김치와 사골을 고으고, 이틀 전에는 갈비를 재우고, 식혜 준비와 고사리나물 삶기, 생선 손질을 하고 말려 놓은 표고버섯을 물에 담그고 양념 꽃게장을 무친다. 느끼한 음식이 많은 명절에 우리 가족이 가장 좋아하는 음식이 담백한 해물볶음과 얼큰하고 개운한 꽃게장이다.

올해는 막내동서가 할머니 건강이 안 좋으셔서 아이들을 데리고 친정에 갔다. 남편과 두 아들, 며느리가 전을 부쳤다. 표고와 깻잎, 녹두와 동태, 연근과 굴전을 준비했다. 예찬이가 빈 쟁반을 몇 번이나 싫다 하지 않고 주방에 가져다주며 심부름을 곧잘 했다. 기특하다. 갈수록 주의집중이 어려운지 내 손은 여러 군데 상처가 났다. 꽃게 발에 찔리기도 하고 생선을 손질하고 도라지 껍질을 벗기다가 다치기도 했다. 아들은 나를 위로한답시고 엄마 힘드시니 할머니께서 천국 가신 후에는 가족여행을 다녀오자고 했다. 명절 때 엄마가 만든 음식이 먹고 싶으면 어떻게 할까 물으니 평상시에 한 가지씩 해 먹자고 한다. 오후까지 음식을 준비하고 막내 서방님이 오셔서 저녁식사를 했다.

설날 아침에는 가족이 모여 먼저 하나님께 예배를 드리고, 어머니께는 봉투를 드리고 절을 올린 후, 우리 부부가 세배를 받고 장남 내외와 작은아들 순으로 세배를 마쳤다. 예찬이가 제 아범 절하는 모습을 보더니 흉내를 냈다. 역시 사람은 모방의 천재인 것 같다. 예찬이 주려고 미리 만들어 놓은 예쁜 비단천 복지갑에 세뱃돈을 넣어주었다. 예찬이는 세뱃돈에 관심이 없어 제 엄마에게 다 주어버린다. 몇 해 받은 세뱃돈이 통장에 꽤 모였단다. 지난 해 사 입힌 한복이 올해만 입고 동생을 줘야 할 만큼 키가 자랐다. 사골 고은 국물에 떡국을 끓여 고명을 얹어 정성껏 준비한 음식과 설 명절 상을 푸짐하게 차렸다.

점심에는 성묘를 다녀온 시댁 사촌 가족들과 식사를 했다. 시어머니가 계셔서 며칠 손님이 끊이지 않으니 명절 분위기는 확실하게 난다. 예전에는 엄두가 나지 않아 마음고생부터 했는데 여러 해 습관이 되니 척척 잘 해낸다. 모두들 음식을 맛있게 드시면 피로가 싹 풀리는 느낌이다. 식사를 하시며 혼기를 놓친 자녀 걱정, 그동안 생긴 일들이 주제가 되어 담소를 나눈 후 다음 일정으로 일어나신다. 올해는 항공대를 가고 싶어하던 막내 동서 아이가 5월에 말레이지아 항공대로 가게 되었다는 이야기가 주제가 되었다. 자녀들이 결혼을 하고 이제 손주들 자라는 재미로 살아가는 세대들이다. 원룸에 나가 사는 둘째 아들은 아직 결혼할 마음이 없는 것 같다. 설 연휴를 여유롭게 지내고 있다. 올 설은 날씨가 풀려 봄 같이 포근하다. 내일은 친정에 다녀올 참이다.

치매가 어머니를 찾았네

일주일 전 일이다. 어머니께서 한밤중에 잠을 안 주무시고 우리 방문을 열어보시는 것이다. 노크도 없이 문을 열다 넘어지셨다. 놀라 일어나보니 평소 행동과 달리 약간 이상하신 것 같았다. 헛소리도 하시며 잠을 못 이루셨다. 그 다음 날은 잠에 푹 취해 식사하시라고 깨워도 일어나지 않으셨다. 아차 싶어 자세히 살피니 사물을 인지하는 능력이 떨어지신 것을 알게 되었다. 거동이 불편하셔서 일단 보건소 정신건강센터 의료진에게 내원을 부탁했다. 여러 문답식 질문을 통해 검사를 하는데 결과가 '인지저하'로 나타났다. 병원에 모시고 가서 치매검사를 받으라고 했다.

남의 일로만 생각한 치매가 어머니를 찾아온 것이다. 가족 모두에게 비상이 걸렸다. 외출을 거의 삼가고 곁에서 어머니를 지켜보았다. 다행히 어머니는 심각한 상태는 아닌 것 같다. 병원에 모시고 가서 두 시간 정밀검사를 받으니 치매 판정이 나왔다. 병원에 계시는 두 시간 동안 어머니는 힘들어하셨다. 하루 저녁 잠을 못 주무신 것이 체력소모를 많이 가져온 것이다. 식사는 평소대로 하시지만 원기가 부족해 영양제도 놔드리고 음식으로도 신경을 써드리는데 입맛도 바뀌신 듯하다. 평소에 잘 드시던 것도 비위에 맞지 않는다고 하셨다.

병원에선 치매를 늦추는 약을 드셔야 한다고 처방해주었다. 하루에 한 알 드셔야 한다는데 약이 뭐가 좋을까 싶다. 어쩔 수 없이 드리긴 하지만 안타까운 마음이다. 어버이날 들르신 사촌 시숙님한테 어머니는 그분도 잊고 있던 옛날이야기로 놀라게 하셨다. 옛날 일은 잘 기억하시면서 날짜에 대한 기억이나 몇 시인가 여쭤보면 모르셨다. 점점 더 아기 같으신 어머니, 치매를 검색해보니 건망증, 기억장애, 언어장애, 혼돈이라고 정의한다. 노년이 되면 잊고 싶은 게 많아서일까. 잊고 싶은 일들이라…. 어머니께도 그런 일들이 많으실 것이다.

10년 전 우리 집으로 오셨지만 애지중지 키웠던 장손이 찾아오지 않고 있으니 얼마나 보고 싶으시랴. 내색은 안하셔도 그 마음이 전해진다. 어찌 그리들 마음이 까

칠한 지 돌아가시고 후회한들 무슨 소용이람. 몇 년 전
많이 편찮으실 때 "어머니 백세까지만 사세요." 했더니
"뭐하게?" 하셨다. "아니 경주 김가 가문에 백세까지
장수하신 분도 계셨다고 두고두고 이야기 나누게요."
날 쳐다보시더니 "얼른 죽어야제." 하시며 웃으셨다. 사
는 게 무엇인가. 나도 어느새 건망증이 자주 오는 나이
에 이르렀으니 인생사 늙음은 아무도 피해가지 못한다.
우탁의 시조 한 구절이 떠오른다. "백발이 제 몬져 알
고 즈럼길로 오더라" 젊은이여, 우리 모두 그 길로 가고
있다.

아침을 깨운 그대는 누구?

　이 아침 나의 잠을 깨운 새의 이름이 뭘까? 이름을 불러주고 싶은데 알 수가 없다. 구슬이 구르는 듯 선명한 소리에 깨어나면서도 반가웠다. 노래인지 구애인지 구별하긴 어려웠지만 아무려면 어때, 나를 깨워준 자명종 역할을 해준 새에게 고맙다는 인사를 해야지. 아침이면 여러 종류의 새들이 저마다 다른 소리로 아침을 깨운다. 집 근처에 날아와 내 귀를 즐겁게 해주는 녀석들이 여간 고마운 게 아니다. 어느 땐 일곱 난장이와 살고 있는 숲 속의 공주라는 생각을 하며 눈을 뜬다.

　녹음된 음악보다 생음악이 좋듯이 새소리도 마찬가지다. 자기들만의 세계에서 통용되는 새들의 말을 알아들을 순 없어도 기쁜 일인지, 힘든 일인지 대략 가늠한다. 하나님께서 만국 공통어를 주시지 않은 이유를 성경에 말씀하셨다. 그것은 교만과 관계가 있다. 그래서 지구촌 사람들에게 다양한 언어를 주셨는가보다. 자연을 자세히 살펴보면 하늘의 놀라운 지혜를 발견하게 된다. 이유 없이 존재하는 것은 하나도 없다. 더불어 살라는 하나님의 메시지를 알아듣는 듯한 새들과 꽃들, 그들이 우리에게 무엇을 일깨워주고 있는가?

새들은 낮에도 종종 열심히 살고 있다는 사실을 알려준다. 혹시 자기들을 생각 안하고 살까봐 주위를 환기시키는 것일 테다. 날것들도 사람이 사는 집 근처로 찾아드는 것을 보면 함께 살아야 즐거운 것 같다. 나무는 새들이 앉아가라고 가지를 내어준다. 어제 오후엔 반상회를 하는지, 누구를 잡아야 한다고 갑론을박인지 째잭째잭 계수나무방에서 소란스러웠다. 그러는 녀석들이 저녁에는 자는 시간이라고 모두 조용하다. 거참, 뭐라지 않아도 보조를 맞추니 신기하다. 낮에는 수컷이 열심히 집을 보수하고 먹이를 잡아 오고 암컷은 포란 중이다. 새들은 종족번식을 잘 실천하고 있는데 자녀양육에 시간과 돈을 들이지 않으려는 일부 이기주의인 사람이 문제다. 사실 아이들을 낳아 교육시키는데 필요한 돈이나 사회 환경이나 어려움이 없는 것은 아니어서 이해는 하지만, 인구 감소가 이어지고 있다니 걱정이다.

새들이 하루를 상쾌하게 열어주고 맑은 물이 흐르는 개울에선 피라미들이 물 밖으로 점프하느라 반짝거린다. 톡톡 튀어 오르는 몸짓에 따라 동그라미가 물 위에 번진다. 미물들이 절기를 더 잘 알아차린다. 한 번도 제비가 알을 낳고 부화해야 할 때를 놓치는 것을 본 적 없다. 다른 새들 역시 마찬가지다. 나무와 꽃들도 그렇다. "게으른 자여 개미에게로 가서 그 하는 것을 보고 지혜를 얻으라."고 했다. 사람이 미물보다 월등한데도 선험적 직관력은 뒤쳐진 부분도 있는 것 같다. 새소리에 잠이 깨 즐거운 마음에 두서없이 글이 길어졌다.

억새바다 사잇길을 걷다

    서울억새축제를 찾았다. 오래전 기억으로 남은 그곳은 완전히 다른 모습이었다. 살사리꽃이 한창으로 흙먼지 풀풀 일던 고향길 풍경이 떠올라 금세 소녀가 되었다. 꽃 속에서 꽃처럼 웃으며 하트를 그리고 사진을 촬영하느라 모두의 마음에는 전원의 서정이 피어오르는 듯하다. 억새밭이 이렇듯 넓게 조성되었다니, 산에서 만나는 억새와 느낌이 다르다. 도심 속에 이 정도면 억새바다라 하여도 손색이 없고 가을의 정취를 느끼기에 충분하다.

    해말간 웃음이 동동 떠다니는 살사리 꽃밭을 지나 은발의 억새바다에 마음이 먼저 풍덩 빠져드는 만추의 정취에 기분을 쉬이 잠재우지 못했다. 동요와 가곡을 나직이 부르며 억새밭을 거닐었다. 휘돌아드는 길이 운치를 더했다. 햇살이 비쳐든 억새밭은 온화한 연륜이 깃든 은발의 노인을 연상하게 하였다. 나의 노년이 저처럼 결 고운 은빛이었으면 한다. 억새도 여러 색깔을 가지고 있다. 연한 은빛과 갈색, 진갈색으로 토양의 영향을 받는다고 한다. 억새 사이 핀 노란 산국향이 짙다. 갈대밭을 돌아 쉼터 가까이 오니 바람개비 모양의 풍력발전기가 이국적인 정취를 자아내 그 배경으로 사진을 몇 컷 촬영했다.

쉼터에 앉아 김밥을 먹고 다과를 들며 일행들이 시한 편씩 낭송하였다. 분요한 삶을 달려온 가슴, 가슴을 위무해주는 시가 잠시나마 우리의 마음을 안돈하여 성찰을 이끌어낸다. 생각하며 성찰하며 산다는 것 인간 고유의 영역이다. 독서모임으로 야외에 나오면 시 낭송과 문학의 향기를 교감하곤 한다. 우리의 이야기는 억새밭 사잇길처럼 길고 아득한 길을 몇 바퀴나 돌아나온다. 어린아이처럼 감동을 잘하는 내가 싫지 않다. 멋진 삶을 영위하기 위해서는 Surprise(표현을 적극적으로 하라), 대화에서 Reaction(추임새가 필요하다), 끝없이 펼쳐진 억새밭을 보고도 아무런 느낌이 없다면 오히려 큰일 아니겠는가.

만추의 가을이 보고 또 보아도 좋기만 하다. 나뭇가

지를 떠나가면서도 고운 모습을 잃지 않는 잎처럼 내 마지막 모습도 저리 아름다웠으면 좋겠다. 그것은 매순간 아름다운 흔적을 남기며 살려고 노력해야 가능한 일이다. 첫째는 창조주 하나님을 섬기고 그 가르침을 따라 이웃에게 관심을 기울이고 사랑을 실천하며 살 일이다. 스마트폰이 생기면서 연락을 주고받기는 쉬워졌지만, 다른 한편으로는 사람과 사람 사이 보이지 않는 섬이 생긴 듯도 하다. 더불어 사는 일이란 가상의 세계보다는 얼굴과 얼굴을 마주보는 데 있다. 갈바람이 분다. 곧 떨어질 잎들이 서로 격려하며 몸을 부비는 소리 들려온다.

해설이 있는 클래식 산책

중세 유럽풍 살롱 분위기인 '엔틱 갤러리'에서 해설을 곁들인 클래식 감상회가 열렸다.

첫 시간에 환상의 로맨티스트로 불리는 베를리오즈의 총 5악장으로 된 환상 교향곡 '어느 예술가의 생애'를 감상하며 해설을 들었다.

1악장에는 꿈의 경지를 나타내는 선율의 젊은이다운 사랑과 열정을, 2악장은 황홀한 독일풍의 왈츠와 무도회의 즐거운 사랑을, 3악장에서는 여름날 저녁 시골로 간 예술가로 시작되어 목가적인 전원에 나타나는 그녀의 환상을, 4악장에서는 그녀를 죽이고 형장으로 끌려가는 예술가를, 그리고 마지막 5악장은 지옥의 밤 광란으로 클라이맥스를 향한다. 양념처럼 고루 배인 연인을 상징하는 고정 악상이 흥미를 끌었다.

고전을 읽어야 근대문학의 이해가 쉽듯 음악도 고전 음악을 통해야 근대음악의 해석이 쉬워진다. 유럽의 바로크와 낭만주의 고전음악은 역사와도 불가분의 관계가 있어서 그 시대의 역사와 예술과 건축을 아울러 다방면의 지식을 겸하면 더 깊이 있게 감상할 수 있다.

오래 전부터 클래식은 질병 치료의 목적으로도 활용되고 있다. 효능은 익히 경험해서 알고 있다. 비오는 날 기분이 마냥 가라앉으면 요한 스트라우스 2세의 경쾌한 왈츠곡을 듣다 보면 상쾌해지고, 마음이 들뜨고 안정이 안 될 때는 바흐의 평균율이나 미샤 마이스키의 중후한 첼로음을 들으면 차분해진다. 봄의 왈츠의 우아하고 격조 있는 곡을 들을 때면 중세 여인들의 프릴이 풍성한 짚시풍 드레스를 입고 왈츠를 추고 있는 내가 겹치곤 한다.

클래식 중에서도 자주 감상하는 헨델의 메시아나, 하이든의 천지창조는 걸작 중 걸작으로 음악가에게 주어진 영감이 놀랍다. 곡들을 감상하다 보면 우리 영혼에 가장 아름다운 영향을 끼치는 음악은 단연 '성가'라는 생각을 하게 된다. 세상 음악이 주지 못하는 참 평안과 기쁨으로 우리의 영혼을 위로해 주기 때문이다. 또한 소망 가운데 평화가 깃든다. 우리 교회 성가대에서도 다양한 곡을 부르는데 어떤 곡은 천상에 있는 듯한 느낌과 감동을 주어 오랫동안 그 음악 안에 머물게 된다.

음악을 듣거나 글을 읽으면 그림이 그려진다. 영화나 그림을 보면 글을 쓰게 되듯이 예술은 서로 맥이 닿아 있다. 예술은 하늘이 허락한 천재들에 의해 창조되어지고 발전되어 가는 것 같다. 자연의 변화와 아름다움이나 사람의 희로애락을 표현하여 우리의 감성을 터치하는 음악이 삶에 미치는 영향은 실로 대단하다. 아는 만큼 보인다고 했던가. 해설을 곁들여 감상하니 새롭고 풍성하게 들려온다.

수천 년 전 중세 귀족들이 사용했음직한 고풍스런 가구와 조명, 액자가 낭만주의 음악 감상의 분위기를 고조시킨 엔틱 갤러리, 하양 망사 커튼 사이로 진초록 잎들이 클래식 선율과 함께 이국적인 정취를 흠씬 자아낸다. 음악으로 마음에 치유와 윤기가 도는 시간이었다.

밤에도 온기가 있다

밤은 장음과 단음의 동음이의어이다. 좀 길게 소리를 내야 먹는 밤이요, 짧게 끊으면 때를 지칭하는 저녁이 된다. 장음의 밤에 관한 이야기다. 올 봄 꽃들이 한꺼번에 피더니 밤도 올밤 늦밤 없이 쏟아진다고 지인이 전화를 했다. 소설가 친구랑 중앙선을 타고 양평으로 향했다. 이른 시간인데도 전철을 타려는 손님들이 많았다. 종착역인 용문역에서 내렸다. 용문산에는 몇 해 전 다래순을 따러갔었고, 노랗게 물든 은행나무를 보러 간 적이 있다. 노인들이 많이 타서 의아했는데 마침 오늘이 오일장인 용문 장날이란다. 약초와 으름, 대추와 밤 등속을 팔고 수수부꾸미도 고소한 냄새를 풍기며 부쳐냈다. 약초는 그 고장에서 나는 것인 줄 알았더니 무릎이 시원찮은 할머니들은 경동시장에서 사다 파신다는 사실을 알게 되었다.

　마중을 나온 지인의 차를 타고 가다가 막걸리가 유명한 지평이란 곳을 지나게 되었다. 짤막한 키에 인상적인 버드나무가 서 있고 100년이 지나도록 잘 보존된 술을 발효시키는 양조장인데, 드라마 촬영을 하기도 했다고 소개한다. 무르익은 벼 위에 가을 해싸라기가 뿌려진 듯 맑은 금빛 앞에 군락을 이룬 살사리꽃이 반겨주었다. 갈바람 따라 살랑거리는 살사리꽃은 고향을 불러왔다. 지인은 농가주택에서 살고 있었다. 마당에는 조그만 연못도 있어 수초 아래 오가는 금붕어가 사람이 다가가니 물 위로 모여든다. 돌확에도 부상수초를 심어 놓았다. 시적 가사인 양희은의 노래 '작은 연못'이 연상되었다.

　향 고운 아메리카나 커피를 내려주어 가을향기를 더불어 음미하고 밤을 주우러 산에 올랐다. 산국, 물봉선화와 고마리가 지천으로 피어 사진을 몇 컷 촬영하는데 한 폭 그림이다. 지인은 산국으로 차를 만드는 방법을 알려주었다. 문예지를 발간하는 시인은 농산물로 원고료를 대신하기도 하고 산오디를 따서 관절염으로 아픈 분께 보내고 산국을 채취하여 덖어 말려 보내주기도 하는데, 가을에는 밤을 주워 나누는 즐거움이 크단다. 받는 기쁨보다 주는 기쁨이 크다는 말에 공감한다. 받는 기쁨을 능가하는 것이 주는 기쁨이기 때문이다.

친구는 관절을 앓은 적 있어 높은 곳으로 올라가지 않고 산 아래서 줍고 나는 더 올라가야 굵은 밤을 줍는다는 지인을 따라 산등성이를 오르며 주웠다. 제법 알이 굵었다. 툭툭, 내 뒤로 밤 떨어지는 소리 들린다. 금방 나무에서 떨어진 밤송이를 까서 손안에 쥐니 온기가 느껴졌다. 세상에나, 밤에도 온기가 있다니! 엄마 품을 막 떠나온 아가의 몸에서 느끼는 온기, 신기해서 다시 꼭 쥐어본다. 그렇다. 살아있는 모든 것은 온기를 품고 있다. 분명 누구에게 그 온기를 전해줘야 한다고 말하는 것 같다. 밤을 여러 번 주우면서도 온기는 처음 경험했다. 작은 밤은 다람쥐랑 산짐승 먹으라고 사람의 손이 닿지 않는 쪽으로 던져두고 굵은 것만 주웠다.

두 시간쯤 지나니 배낭이 거의 차올랐다. 지인의 집에 손님이 오기로 하여 내려와야 했다. 잠시 쉬다가 영화 건축학 개론, 김연아의 통신 CF 촬영장소인 구둔역에 들렀다. 지금은 폐역이 되어 기차가 멈춘 상태였다. 문화재청에서 관리를 해야 하는데 아직 절차가 남았는지 이관이 안 돼 양평 코레일에서 관리한다고 한다. 인증샷을 남기고 추억과 향수를 간직한 역사를 둘러보았다. 수령이 오래된 느티나무를 소원나무로 명명하고 좀 떨어진 곳에 은행나무가 있었다. 가을햇살이 비쳐드는 소박한 간이역은 수많은 사람들의 해포달포 사연을 간직한 채 역사의 뒤안길로 사라졌다. 결실의 계절인 가을에 묵직한 밤이 담긴 배낭을 짊어지고 돌아오는 길이 뿌듯하다.

칠월, 양재천변 풍경

개울가에 망초꽃이 장관이다. 여름 눈꽃처럼 하얗게 피어 하늘하늘 나를 부른다. 풀밭에도 질서와 양보가 있다. 자기의 때가 지나면 자연스럽게 다른 풀에게 자리를 양보한다. 큰 풀이라고 작은 풀을 깔보지 않으며 서로서로 조화를 이루며 풀밭의 질서를 지키고 있다. 달뿌리 풀이 사위고 그 자리에 망초꽃이 쑥쑥 자라 꽃을 피우고 연분홍 메꽃도 계절을 잊지 않는다.

평화로운 풀밭에도 무서운 적이 있다. 환삼덩굴과 칡넝쿨이다. 두 덩굴은 덩굴손을 가지고 있어 아무 풀이나 목을 조르기 일쑤다. 망초대궁 여린 목을 휘감고 있어 풀어주었다. 칡넝쿨은 여린 메꽃 목을 휘감고 길가까지 내려와 은비의 길을 막는다. 은비는 개의치 않고 경쾌하게 폴짝폴짝 뛰어넘는다.

개울을 한가로이 걷던 왜가리가 큰 날개를 펴고 날아오른다. 청둥오리 새끼들은 어느새 많이 자라 풀씨를 따먹고 물고기를 잡아먹느라 바쁘다. 보호자인 엄마 오리는 늑장 부리는 새끼들을 기다리고 있다. 우아하게 거니는 백로의 다리 아래로 흐르는 맑은 물이 제 속을 환하게 보여준다.

제법 몸을 키운 피라미, 모래무지들이 재빨리 움직이며 떼를 지어 헤엄치다가 가끔씩 물 밖으로 고개를 내밀며 뛰어오르기도 한다. 바깥세상이 그리운 것이리라. 개울을 산책하던 아이가 비스킷을 부셔서 물 위에 뿌려주니 우루루 몰려와 주둥이를 뻐끔대며 먹고 이내 사라진다.

때를 놓치지 않는 생명의 몸짓이 아름답다. 대를 이어가며 꽃을 피우고 열매를 맺으며 새끼를 낳아 종족 보존을 잊지 않는다. 자연의 이치를 거스리지 않고 생명의 소중함을 일깨워 주는 생물들이 있어 나의 산책길이 무료하지 않다. 시원한 바람 한 줄기 목덜미를 훑는다. 살아 있어 아름다운 날들이다.

가을, 소리의 조화

조석으로 피부에 스치는 바람결이 다르다. 밤으로는 가을을 재촉하는 풀벌레 소리에 애잔한 감상이 일어 잠을 설치기도 한다. 해마다 맞는 가을이지만 하나님과의 만남이 매번 신선하듯이 그분의 작품인 계절도 참신하다. 곡식이나 과일을 익히느라 며칠 막바지 더위가 기승을 부리더니 오늘은 비가 올 거라고 한다.

햇살이 구름 속으로 숨고 매미소리가 알토로 낮아졌다. 힘을 잃은 듯한 소리가 비로서 제 소리 답다. 고향 미루나무에서 노래하던 매미의 기억이 이제야 또렷이 살아난다. 어린 시절 매미소리는 시원한 그늘이 상기되며 자장가처럼 들려왔었다. 그 소리는 이젠 추억이 되어 버렸다. 올여름 차 소리보다 더 시끄럽게 노래하는 매미로 날씨가 더 무덥게 느껴졌다.

왜 매미가 낮과 밤도 없이 하이 소프라노로 노래를 해 댈까 생각하다가 성경에 기록된 말세에 나타날 사람들의 사나운 성품의 기질을 닮아가는 것은 아닐까 하는 흥미로운 생각을 해보았다. 세상에서 일주일을 노래하기 위하여 칠 년을 땅속에서 애벌레로 있으면서 천적들의 공격을 피해 살아야 하는 기구한 운명이기도 한 매미, 시끄러운 소음이 아닌 알토와 베이스, 아주 가끔만 소프라노로 노래해주면 좋겠다.

소리를 가진 모든 생물이나 사람도 마찬가지이다. 불협화음보다는 조화로운 소리가 듣기 좋다. 성가대에서 찬양하는 대원들의 목소리가 한 사람의 목소리로 들려올 때가 있다. 천상의 소리인 듯 아름다운 선율에 큰 감동을 받는다. 사실 각자 목소리를 들어보면 제각각 다른 톤을 지니고 있다. 그럼에도 하나로 들리는 것이 예술인 것이다.

소음은 예술을 거부한다. 목소리가 크다고 이기는 싸움이 아니듯 이제는 소리를 낮출 때이다. 허구한 날 여의도를 시끄럽게 만드는 정치인들은 매미소리를 어떻게 듣는가 궁금하다. 그들의 소리도 이젠 사람들에게 겸허한 베이스가 되었으면 하는 바람이다. 봄부터 초가을까지 나의 소리도 소음이 얼마나 많은 자리를 차지해 왔는지 돌아보는 아침이다.

맴맴
귀뚤귀뚤
햐, 이 녀석들 봐라
두 계절 사이에서 쌈박질하고 있네
너희들 아직도 모르니
목소리 크다고 이기는 것 절대 아녀!

– 「거참,」 전문

산에는 진달래 피네

봄산에 올랐습니다. 거기, 새댁들의 나들이가 한창이었습니다. 춘삼월 화전놀이 가는 행렬들 같기도 합니다.

"진달래 꽃전을 부치며"의 중종 때의 문신 백호임제의 시가 떠오릅니다.

> 시냇가 돌을 모아 솥뚜껑 걸고
> 흰가루 참기름에 진달래꽃전 부쳐
> 젓가락 집어 드니
> 가득한 한 해의 봄빛 향기 뱃속에 스며든다.

연분홍 치마를 입은 고운 자태가 온 산을 화사하게 수놓아 노래하는 새들의 목소리도 한껏 봄물이 들었습니다. 진달래는 꽃색이 연분홍이라 소박한 정감이 있어

들여다보고 있으면 엄마 생각이 나고는 합니다. 엄마가 새댁이셨을 즈음 진달래처럼 고우셨습니다.

시어머니의 볼을 닮은 꽃이기도 합니다. 새댁의 양 볼처럼 고운 시어머니 얼굴은 구순인데도 검버섯이 피지 않았습니다. 목욕 후 로션을 발라드리고 "어머니 새댁 같으셔요." 하면 수줍은 미소를 띠셨습니다.

새댁의 마음이 연분홍일 것입니다.

그 분홍빛이 흐려졌다가 세월에 바래기도 하였을 뭇 여인들의 삶이 진달래 꽃빛에 오롯이 담겨 있는 듯합니다. 그 옛날부터 이른 봄 산에 산에 피어 긴 초근목피 보릿고개의 허기를 달래주었을 진달래가 우리 민족의 애환이 서린 꽃 같기도 합니다.

일제 강점기와 한국전쟁에서 입이 있어도 소리쳐 부르지 못하였을 그 봄, 우리 조국이 불러야 할 노래를 진달래는 알고 있었을 것입니다. 이제는 마음껏 불러도 좋을 우리들의 노래가 한마음 한뜻이 되어 통일의 노래를 부르게 되기를 진달래 피는 시절에 다시금 소원합니다.

오후 산책길에서

비가 그쳐 은비를 데리고 개울가에 나갔다. 버들 숲에서 되솔새가 저녁노래를 부른다. 늘어진 가지 아래로 바닥까지 환히 보여주는 개울물이 나직이 흐른다. 모래무지 두 마리 장난을 하다가 한 마리가 재빨리 도망한다. 오리 세 마리도 쫓고 쫓기는 놀이 중이다. 물속에서 물밖으로 무료하면 장난도 치고 즐겁게 지내는 것을 보는 나도 즐겁다. 한 시절 내 키보다 훌쩍 키를 키운 큰 풀들이 바람을 무등 태우고, 칡 덩굴손이 길을 잘못 들어 밟혀 말라간다. 사람이나 동식물도 제 가야 할 바른 길 가지 않으면 아까운 생명을 잃기도 한다. 비 그치니 고추잠자리 포물선을 그리고, 풀숲에서 들려오는 풀벌레 소리에 가을이란 글자가 눈앞에 그려진다.

강아지풀과 풀벌레 소리에 이젠 만날 수 없는 유치부 은혜와 산책하던 추억이 떠오른다. 풀벌레 소리를 듣던 은혜가 "선생님, 무슨 소리예요?" "풀벌레가 우는 소리!" "엄마가 없나봐요?" 아차 싶어 "아니야, 가족이 다 있어. 잘 들어봐, 엄마, 아빠, 동생 소리 들리지? 우는 게 아니라 노래하는 거야." 은혜가 엄마와 아빠를 떠나 베트남에서 어찌 사는지, 유난히 감성적이고 샘도 많고 자존심이 강한 아이라서 마음앓이가 심할 텐데…. 유치부 단짝이던 지유가 오랫동안 기도를 했다. "하나님, 은혜가 베트남에서 빨리 와서 나랑 같이 놀게 해주세요." 정들었던 은혜와 갑작스런 단절로 몇 달을 가슴앓이했다. 해 질 녘이면 그 아이가 삼삼히 보고 싶다.

　짙은 회색 비구름이 관악산 자락을 뒤덮는다. 이팝나무 둥지에서 종알종알 베이스톤의 새 가족의 이야기 정겹다. 바람이 시원하여 산책하기에 더없이 좋은 날이다. 금계국 몇 송이 아직도 피어 초록 풀숲에 노랑 불 밝히고, 들국화과인 연보랏빛 쑥부쟁이가 벌써 피었다. 아직 여름이라는 이름의 장미라지만 꽃식물을 보니 여름과 가을이 교차하는 순간이다. 계절의 구분이 선명하지 않다. 봄인가 하면 여름, 여름인가 하면 가을, 그리고 겨울, 세월이 정신없이 내 곁을 획획 지나는 바람과 같다.

어느덧 9월이 눈앞이다. 올해도 삼분지 이가 달아난 시점이다. "음미되지 않는 삶은 살 가치가 없다"고 했다. 올해도 가치 있는 일을 위해 달려왔는가? 잘 살고 있는가? 더 나은 삶의 내용을 남기며 살아야 할 텐데…. 연바람이 분다. 좀 더 걸어야겠다.

PART 5
살구꽃 피는 마을

효 글짓기 심사

올해는 세월호 사건으로 우리 고장에서도 행사가 거의 취소되었다. 해마다 오월이면 열리던 '입지 효 문화제'도 취소되는가 싶더니 두어 달 지연되어 열리게 되어 다행이다. 효 문화제는 다른 축제와는 성격이 달라 이어져야 한다. 과천은 조선 중종시대 효자로 소문난 최사립이 태어난 유서 깊은 곳이다. 초중고 학생들이 해마다 글짓기를 통해 효에 대하여 지속적으로 생각할 수 있는 기회를 주고 있는 점이 자랑스럽다. 우리 사회의 효사상이 갈수록 퇴색되고 있어 더욱 그렇다. 올해 주제는 "효와 사랑"이었다.

아침부터 저녁 6시까지 심사를 했다. 수천 편의 운문과 산문 속에서 옥석을 가려내기란 쉽지 않지만, 간혹 가뭄에 단비 같은 작품이 눈에 들어오기도 한다. 효와 사랑에 대한 개념이 거의 천편일률적이어서 안타까웠다. 초등학생이면 아버지에게 안마를 해주거나 엄마의 설거지, 청소를 도와주는 것을 효라고 할 수도 있는데 고등학생도 그와 같은 것만 효라고 생각한다면 문제가 있다. 어떤 학생은 세월호 사건을 통해 효를 행할 수 있는 시간이 항상 주어지는 것이 아니라는 것과 가족끼리 진심으로 사랑을 나누는 것이 필요하다고 절제된 문장으로 잘 적었다. 칼럼이나 논설문 형식으로 자기 생각을 객관화시켜 적은 학생도 있었지만 자신이 경험한 사건을 통한 글과는 달리 감동이 없었다. 산문과 운문은 칼럼이나 논설문과는 그 형식이 다르다는 점을 간과한 것이다.

기억에 남는 글은 아빠의 문자 한 통으로 가족이 화목하게 되었다는 것, 분주한 일상 속에서 가족 카톡방을 통해 마음을 나누고 있다는 것이다. 그와는 반대로 스마트폰으로 오히려 가족들 간의 대화 부재를 가져오고 있다는 스마트폰의 역기능을 꼬집는 글도 있었다. 한 학생은 부모님의 부재를 시로 적었는데 첫 행에 그만 가슴이 내려앉았다. 돌아가신 부모님을 생각하며 적은 글로 "못된 짓만 하여 속만 썩혀드렸는데 내 손으로 흙을 뿌리라 하오" 라는 시제는 '발인'이었다. 부모가 돌아가

서서야 깨닫게 되는 어리석음은 이렇듯 되풀이 되는 것인가. 아직도 여운이 남는 '치킨 한 조각', 치킨을 좋아하는 가족이 먹다 남긴 치킨 한 조각, 누군가 먹어도 될 치킨 한 조각을 자신에게 먹도록 한 가족의 마음을 담담하게 풀어내며 사유를 확장시킨 감동을 주는 수작이었다.

좋은 글을 만나면 기쁘다. 초등학생들 중에도 글쓰기 소질이 남다른 아이가 있다. 학습으로 인해 훈련되는 경우가 대부분이지만 천성적으로 두각을 드러내는 아이들도 있다. 입시지옥의 스트레스도 만만찮을 텐데 문학의 꿈을 키우는 미래 작가들의 글이 신선한 감동을 주었다. 풋풋한 글 속을 유영하면서 일기 말미에 시를 끄적거렸던 학창시절이 떠올랐다. 김소월, 박목월 시집을 가방에 넣고 다니며 시인의 꿈을 키워갔던 행복했던 시절, 시를 좋아하는 학생들은 비슷한 추억을 쌓아가고 있을 것이다. 시험을 위한 책 읽기만이 아닌 고전과 현대문학 등 좋은 책을 꾸준히 읽으며 문학의 꿈을 키워가는 학생들이 많아지기를 기대한다.

流景

흙마당에는 볏짚이 널려있었다. 어느 날은 콩깍지가 널려있기도 했다. 보리타작 무렵이면 보릿대가 주인공이 되고 늦가을이면 소나무 아래서 갈퀴로 긁어온 솔잎들이 차지한다. 거두어들인 보리와 나락, 녹두와 콩, 참깨가 번갈아가며 덕석에 말끔하게 펼쳐진다. 곡식은 햇볕에 제 몸을 단단하게 굴렸다. 탱자 울타리 밑을 파고 놀던 닭들이 슬금슬금 다가와 곡식을 헤쳐 놓기도 하고 간혹 참새떼들이 날아와 똥을 싸고 가기도 했다.

해는 언제나 새섬의 산고개 너머로 사라졌다. 어둠에게 내어준 풍경만큼이나 쓸쓸한 시간이다. 날이 저물면 병아리를 품은 암탉은 꼼짝하지 않는다. 대나무로 엮은 둥근 닭장을 가져다 저희들만의 공간을 만들어 준다. 밭이나 논에서 일하시던 엄마는 내 기다림이 저물어 어둑어둑해져야 돌아오시곤 했다. 엄마의 머리에는 지푸라기에 묶인 지가심과 뽀얀 햇감자 등 철따라 밭작물들이 다양하게 얹혀진다. 종일 엄마 냄새에 굶주린 나는 베적삼에서 땀냄새가 나는데도 마냥 좋아 킁킁거리며 맡곤 했다.

달이 지붕 위로 떠오르면 처마의 그림자가 내려온다. 봉창 유리창으로 내다보다가 시꺼먼 그림자가 무서워 얼른 눈을 피하기도 했다. 등잔불을 켜는 건 내 몫이다. 흰 사기 초꼬지 심지를 돋운 후 석유를 붓고 성냥을 그어 불을 붙인다. 장마철에는 습해서 잘 붙지 않아 씨름을 했다. 그 등잔불 아래서 겨울이면 고구마를 깎아먹기도 하며 먼 벽촌의 밤이 깊어갔다. 가끔은 광에서 꿀을 바른 인절미나 홍시와 같은 별미가 엄마 손에 들려 나오기도 했다.

바람이 불 때마다 긴 강둑의 풀꽃들이 팔을 흔든다. 찔레꽃은 향기로 벌을 부른다. 하얀 꽃잎을 제치고 꽃술에 빨대를 꽂은 벌떼들이 윙윙거리며 초여름 한낮의 고요를 가른다. 정박해있던 고깃배들이 그물을 싣고 하나 둘 넓은 바다를 향해 노를 젓는다. 노를 젓는 일정한 움직임을 따라 노랫가락이 실린다. 어부의 검붉고 윤기나는 피부의 근육이 불뚝불뚝 움직인다. 맛조개를 잡으러 간 언니를 기다리며 풀꽃들의 얼굴을 찬찬히 살펴본다.

　먼 바다에서 시오리 길을 걸어 온 어촌마을 처녀들이 반들반들한 옹기 항아리를 이고 줄을 지어 걸어온다. 갯살이의 힘듦을 잊기 위한 노랫가락이 구성지다. 소를 몰고 오거나 밭일이나 논일을 마치고 농기구를 어깨에 메고 귀가하는 농부들의 발걸음이 바쁘다. 해질녘 어촌은 적요하다. 뜨문뜨문 서 있는 전신주에 불이 하나 둘 켜진다. 솥에는 맛조개가 끓으며 내뿜는 갯내가 온 집안에 가득 내려앉는다.

　덕석 위에는 고소한 참기름 냄새가 푸성귀 겉절이를 숨죽이며 저녁상이 차려진다. 두 손가락을 닮은 입을 벌린 맛조개의 살맛이 쌈빡하다. 뽀얀 맛살 국물에 밥을 말아 먹으며 가족들의 이야기가 입 안에서 버무려져 노을빛 언어의 옷을 걸치고 현을 퉁긴다. 덕석에 누워 바라본 밤하늘엔 어제처럼 별들이 제자리를 지키고 있다. 손잡이가 달린 북두칠성으로 뭘 떠 담으면 좋을까 궁리한다. 쿨쿨 거리던 돼지도 잠이 들었는지 조용하다.

신년음악회

'박쥐 서곡'으로 신년음악회 포문을 열었어요. 왈츠의 제왕 요한 스트라우스 2세의 생기 넘치는 곡이예요. 새해 행진하듯 당당하고 활기찬 삶을 살라고 행진곡과 서곡을 폴카와 왈츠풍으로 기획한 것 같네요. 소프라노 이윤정 님과 테너 신동원 님의 열정적이고 아름다운 멜로디와 과천시향의 연주는 호흡이 척척 맞았지요.

"누군가를 기다리네 사랑의 징표로 이 꽃을 남겼어. 부드러운 마음의 소유자 그래서 그를 사랑하리―" 사랑의 감미로움과 사랑의 달콤함을 노래하는 소프라노와 테너의 열창에서, 얼굴과 몸짓에서도 황홀한 사랑이 흐르고….

이윤정 소프라노가 부른 오페라 샤모니의 린다 中 "오! 영혼의 빛이여"의 가사 일부예요. 저음과 고음처리가 완벽한 열창으로 뜨거운 갈채를 받았지요. 오페라 리골레토 中 "여자의 마음"을 테너 신동원이 불렀어요. "여자의 마음은 변합니다. 변합니다." 자꾸만 변한다고 해요. 남자의 마음은 변하지 않나요? 가곡 '강 건너 봄이 오듯', '목련화'로 봄을 부르니 분홍꽃 가득 안은 내 마음에 봄빛 화사하게 피어나데요.

독주 첼리스트 진선희 님의 섬세하고 현란한 연주로 들려준 '페조 카프리오소'도 좋았어요. 푸시킨의 원작 소설에서 가져온 주세페의 '스페이드 여왕' 서곡은 중간부의 플룻이 마음을 상쾌하게 해주었고요.

흥겨운 요한 스트라우스 2세의 왈츠곡을 세 곡(박쥐 서곡, 베네치아의 하룻밤, 이집트 행진곡)이나 들려주어 의자에 앉았는데 발이 저절로 스텝을 맞추지 않겠어요. 빠른 폴카 요한 스트라우스의 '겨울의 즐거움'으로 이어졌지요. 모처럼 생쌍스의 삼손과 데릴라 中 '바카날레'를 들었어요. 바카스가 아니니 발음에 주의하세요.

김예훈 상임 부지휘자님의 해설도 돋보였어요. 신이 만든 악기가 목소리라고 하시더군요. 공감 백배이고요. 빈 신년음악회로 초대한다고 느껴보라고 하셨지요. 빈 신년음악회는 티켓이 몇 만원부터 몇 백만 원까지 팔린다는데 빈 신년음악회 곡으로 기획을 했으니 그곳에 있다고 생각하는 것은 내 마음이잖아요. 갑자기 눈앞에 웅장한 황금홀이 나타나지 않겠어요. 공간이동이 없어도 상상만으론 다할 수 있잖아요.

휘날레 곡으로 천둥과 번개와 또 한 곡 있는데 떠오르지 않네요. 과천시민들 대단해요. 일제히 박수에 맞추어 앵콜을 외치니 서진 지휘자님 두 곡이나 선물해주셨지요. 여전히 멋진 서진 지휘자님 오늘은 곡이 흥겨워서인지 더 열정이 넘치셨어요. 연주회를 기획하신 손지아 선생님, 긴 시간 연습하신 단원님들 수고 많으셨어요. 과천시향 사랑합니다.

무더위

뒷동산 나뭇가지에서 매미가 요란스럽게 울어댈 때면 태양은 온 동네를 뜨겁게 달구기 시작합니다. 앞산, 뒷산과 마을 초입 우리 밭에는 온통 초록물이 들어 손을 내밀면 금방이라도 초록빛으로 물이 들 것만 같습니다. 호미를 들고 나서는 어머니 뒤를 따라 밭에 갑니다.

앙증맞게 귀여운 초록 주머니 같은 고추가 줄줄이 달려 제각기 뽐내고 있습니다. 콩밭의 콩도 여물어 가고 서숙(조)도 윗잎 사이로 열매가 살며시 고개를 들기 시작합니다. 고구마도 집을 자꾸만 넓혀가고요. 서너 두렁 반듯하게 골라 놓은 흙은 생명의 잉태를 꿈꾸며 씨앗을 품을 날만 기다립니다. 김장 배추, 무우씨를 기다리는 것입니다.

콩밭을 매시는 어머니의 베적삼이 땀에 배어 축축하게 젖어옵니다. 덥습니다. 이럴 땐 실바람이라도 살짝 불어오면 반가울 텐데요. 어머니는 목에 두른 수건으로 연신 땀을 닦습니다. 고구마 밭에 앉은 나도 가슴에 땀이 주르르 흘러내림을 느낌으로 알 수 있습니다. 고구마 두렁은 기차보다 더 깁니다. 끝이 보이지 않으니까요. 이제 어머니를 따라 집으로 향합니다. 농사일이란 하루에 다 끝낼 수가 없습니다. 내일도 모레도 계속해야 합니다.

마을에는 우물이 두 개 있습니다. 물은 예부터 신성하게 여겨왔나 봅니다. 어쩔 수 없이 장례 행렬이 우물 앞을 지나게 될 때면 커다란 뚜껑으로 우물을 덮습니다. 그냥 두면 물이 뒤집힌다나요. 아무리 생각해도 알 수 없는 불가사의한 일일입니다. 나는 밭에 들고 갔던 주전자에 두레박으로 물을 퍼서 담습니다. 차가운 물이 담긴 주전자 표면에 물방울이 송송 맺혀 떨어집니다. 종아리를 살짝 살짝 스칠 때면 어찌나 시원하던지요.

사립문을 들어서니 토방 아래 바둑이도 더위에 지쳤나 봅니다. 주인을 보고도 어슬렁어슬렁 잠시 꼬리를 치다 이내 제자리로 가 눕고 맙니다. 닭들도 탱자나무 아래서 꾸벅꾸벅 졸고 돼지도 낮잠을 쿨쿨 잡니다. 요술나라의 공주가 요술을 부려놓은 듯 모든 게 정지된 시간입니다.

어머니는 상추를 씻으시고 나는 봉숭아, 백일홍, 채송아, 맨드라미가 예쁘게 커가는 화단 옆 장독대에서 된장을 퍼옵니다. 어머니께 듣던 대로 노란 된장을 한 숟갈 퍼낸 후 꾹꾹 눌러 덮습니다. 알맞게 익은 열무김치와 상추, 여린 고추는 여름내 내가 즐겨 먹던 반찬입니다. 보리밥에 물을 말아 고추를 된장에 콕 찍어먹으면 어찌 그리 시원하던지요. 졸음이 쏟아져옵니다. 마루에 누우니 뒤란 대숲에서 댓잎이 서걱이는 소리가 들립니다. 곧 바람, 바람이 불어올 것입니다. 그 바람에 잠이나 청해야 할까봅니다.

파스칼의 '팡세'
– 까치와 까마귀의 싸움

수요일 오전에는 독서모임을 마치고 숲 속 소망교회에서 식사와 담소를 나눈다. 요즘 프랑스 문학을 다루고 있는데, '팡세'를 통한 파스칼의 교훈이 도전을 준다. 팡세는 미완성 원고 모음으로 신 중심의 중세에서 근세로 바뀌는 혁명기를 살았던 파스칼의 고뇌를 기록했다. 제1부 '인간학'부터 2부 '신의 은총'까지 심오한 메시지를 던진다. 그가 50대까지만이라도 살았다면 더 놀라운 저작을 남겼을 것이다. 신과 이성이라는 명제와 질병에서 끊임없는 갈등과 사투를 벌였던 파스칼은 기도하다가 신의 신비를 경험하게 된다. 파스칼이 하나님을 믿게 된 동기는 "우주의 침묵이 나를 두렵게 한다."에서 출발했다. 신 없는 인간은 타락했기에 비참하며, 최고의 이성은 철학자들에게서 발견하지만 우리의 이

성조차도 신의 은총을 받지 않으면 최선이 될 수 없고 '신'만이 인간의 진정한 선으로 규정한 《성경》에 기반한 것이다.

흥미로운 것은 오류의 원리 중 상상력과 습관과 자애심을 꼽으며 상상력이 공포와 불안, 선망을 가져오고 습관은 우리의 제2본성이며, 자애심은 나와 타인을 기만하는 것이며 타인으로부터 받고 싶어하는 열망을 교묘히 위장하고 은폐하는 것이라 한다. 사회질서를 유지하는 법이 위도에 따라 바뀌며 정의라고 부르짖지만 강자의 논리이자 질서는 곧 힘의 소산이고, 법이 정당한 것이라고 믿는 것은 민중의 착각이라는 말로 "천칭의 원리"를 논하는데 여러모로 긍정한다. 인간의 존엄성을 "반성적 사유" 때문이라는 부분에선 정신이 번쩍 난다. 대립, 즉 내적 갈등은 여러 패러독스가 있어서 풀 수 없는 신비한 모순의 존재이며, 진리의 수탁자인가 하면 시궁창인 인간의 대립적인 모순을 누가 감히 풀겠는가고 되묻는다. 근대 확률이론의 창시자이며 장자 사상의 중용까지 동서양을 넘나드는 과학자이고 철학자인 파스칼의 지적탐구를 두고 치열한 논쟁과 토론이 이어졌다.

파스칼이 추구한 것은 기독교 신앙이었다. 구약의 예

수 그리스도를 기다림과 구속성에 대하여, 어린아이처럼 믿으라는 "심정의 눈"과 신앙에 내기 이론을 대입하기도 하며, 신의 존재는 이성이 아니라 심성을 통해 체험할 수 있다고 가르치는 종교적 독단론을 설파했다. 신의 문제는 초이성적인 신비로 이성에만 의존하는 종교는 이신론, 이성을 버린 종교는 미신이라는 것과 관습과 천성은 제2의 천성이며 습관을 도입하여 은총에 호소하는 것은 기도와 말씀에서 신앙생활의 습관화가 필요한 것임을 말하고 있다. 구약의 유래와 역사를 알고 있다면 팡세를 이해하기에 더 없이 좋을 것이다. 직관론에 바탕을 둔 그의 사상은 장 자크 루소와 앙리 베르그송 및 실존주의자 등 후세의 철학자들에게 상당한 영향을 끼쳤다.

파스칼의 회심과 신비로운 체험을 토론하며 끝없이 병마와 싸웠던 파스칼의 삶에 대비하여 간증을 할 기회가 주어졌다. 세 번의 죽음에서 나를 건져주신 하나님은 분명히 살아계시며 어떤 추상적인 신이 아니라고 힘주어 말했다. 종교문제가 다양하게 토론의 주제로 떠올랐다. 나는 구원은 오직 예수 그리스도라고 마무리했다. 신앙의 사람 파스칼 덕분에 주제에서 벗어나지 않고 내가 믿는 하나님에 대해서 모처럼 증거할 수 있는 시간이

주어져 감사했다. 식사를 마치고 커피를 들고 잔디밭에 놓여 있는 파라솔 아래 모여 세태에 관한 이야기를 나누었다. 갑자기 시끄러워 소나무 우듬지를 바라보니 까치와 까마귀가 싸우고 있는 중이다. 둘이 싸우다 안 되니 가족들을 데려오는지 패거리로 날아와서 깍깍거리는데 소란스러웠다. 집을 놓고 싸우는지, 다른 일 때문인지 중대한 일이 발생한 것 같다. 사람이나 날것들이나 보여지는 삶의 모습은 별반 다르지 않다.

다양성에 관하여

꽃들의 모양이 천차만별이다. 모양과 색깔과 향기가 모두 다른 것이 사람과도 같다. 이는 다양성이 우리에게 주는 메시지이기도 하다. 무슨 꽃 하면 어떤 친구의 얼굴이 겹치기도 한다. 언젠가 누군가 나에게 사과꽃을 보면 생각나는 사람이라고 했다. 이는 우리가 만나는 사람에게서 어떤 이미지를 보고 있다는 것이다. 사람뿐 아니라 세상에 모든 사물이 획일적이라면 얼마나 재미없겠는가. 봄부터 피어나는 꽃의 다른 얼굴이 나를 즐겁게 한다. 조그만 풀꽃인 봄까치 풀꽃부터 지금 한창인 장미까지 창조주의 손길이 오묘하기 그지없다.

새들 역시 마찬가지다. 모양부터 소리가 다 다르다. 목소리가 같은 사람이 하나도 없듯이. 요즘 반가운 제비가 날아와 나뭇가지와 흙을 물어다 지난 해 지었던 집을 정교하게 보수를 하고 새로 짓기도 하여 포란과 부화를 위한 종족 번식의 일을 부지런히 하고 있다. 간간이 전깃줄에 앉아 꽈르륵 꽈르륵 노래하는 소리가 귀를 당긴다. 찌잇찌잇, 삐찌삐찌, 지지지지, 쫏쫏, 쭈이, 쨱쨱, 기찌기찌, 꾀꼴꾀꼴, 삐이삐, 삐이뽀이삐이, 치이치크, 치이치크, 개개개, 삐잇찌이삐이, 까옥까옥, 소쩍소쩍 등, 산책길에 들리는 새들도 소리가 다 다르다. 나열해보니 새들의 소리에서 경음화 현상이 뚜렷하게 나타난다. 아무리 읽어봐도 우리나라 말과는 거리가 멀다. 꽈리 소리를 내는 제비 말고는 다른 나라에서 말을 배웠는지, 아님 태어난 곳이 다른 것인지 분석해보는 것도 재미있을 것 같다.

사람들이 다양한 물건을 만들어 내는 것은 바로 자연을 보고 배워서가 아닐까. 창조주가 만들어 놓은 헤아릴 수 없이 많은 종류의 자연을 보고 흉내를 내고 있다는 생각을 해본다. 그것도 창조라는 이름으로 말이다. 암튼 다양성이 인정되는 사회라야 발전이 있다. 내일은 6,4 선거일이다. 각 지역의 많은 일꾼을 뽑는 날인데 내가 사는 지역에 어떤 후보가 적임자인지 신중하게 잘 선택하여 투표를 해야 한다. 잘못 선택하여 두고두고 후회하는 일이 발생하지 않도록.

꽃과 새처럼 모양과 색깔과 소리도 다른 사람들이 저마다 자신을 선택해 달라고 아우성이다. 이번 후보자중 1회 이상의 범죄 이력이 40.1%나 되고 10명중 4명이 전과자라고 하는데 어떤 연유이든지 범죄의 전력이 있는 사람이 지역의 지도자가 된다는 것은 바람직하지 않다. 여야 공천과정에서 투명하고 엄격한 자격과 배제 기준을 내세웠다는데 결과는 아닌 듯하다. 뜬금없이 안국선의 "금수회의록"이 왜 떠오를까? 동물들은 인간세계를 어떻게 생각할까 궁금해지는 것인가? 반가운 단비가 종일 온다.

詩가 흐르는 강변

가을이 무르익어 가는 시월 남한강변으로 가을문학
기행을 떠났다. 압구정역에서 출발한 버스는 연휴로 인
해 정체가 심했다. 강이 배경이 된 아파트가 유럽의 어
느 도시 못지않게 멋진 경치를 연출한다. 연휴라서 모두
들 야외로 나가느라 차는 밀렸지만, 강변을 따라가며 차
장 밖으로 들어오는 환한 가을 기색에 마음이 설렌다.
구리쪽 한강공원에는 살사리꽃이 장관이다. 이른 아침
임에도 사진 마니아들이 카메라 삼각대를 세우고 렌즈
를 들이대는 모습이 보인다.

꽃이 지고 씨를 맺는 양수리 연꽃, 금빛으로 물든 벼
논, 새들이 공중을 선회하며 한 폭 풍경화를 그리고 있
다. 자연의 조화는 놀랍다. 텅 빈 공중에 새의 날개짓이
없다면, 강물 위에 지나는 배가 없다면 뭔가 빠진 듯 허

전할 텐데, 완벽한 창조주의 솜씨에 감탄이다. 능내 다산 정약용 생가에서도 행사를 알리는 현수막이 걸려있다. 가을엔 부지런히 발품을 팔면 문화행사와 볼거리가 많다. 내가 태어나고 자란 낯익은 전원의 풍경에서 평화를 맛본다. 양평은 서울에서 가까우면서도 향토적 서정을 느낄 수 있는 곳이다. 유명하다는 국밥집에서 따끈한 아침식사를 했다.

우리의 행사 목적지는 "닥터 문 갤러리"이다. 병원을 경영하시는 분이 경치 좋은 남한강가에 마련한 미술관이다. 전망 좋은 미술관은 가을과 문학을 즐기기엔 안성맞춤이다. 어디든 카메라를 들이대면 한 폭 그림이다. 강 건너 양수리의 완만한 산 능선이 엷은 담묵빛으로 정겹다. 강남에서 살다가 이곳으로 들어와 둥지를 틀었다는 음악가의 연주가 귀를 늘인다. 언제 들어도 감동인 "You Raise Me Up"을 열정적으로 들려준다. 음악은 우리 삶의 일부가 되었다. 어디를 가나 그 분위기에 맞는 음악이 마음을 터치한다. 좋아하는 음악이든 아니든 선택의 여지가 없다. 오늘처럼 취향에 맞는 음악이라면 대환영이다.

경기대 이지엽 교수의 '21세기 한국시학의 한 방향'에 관한 논문을 주제로 세미나가 이어졌다. 그 가운데 새로운 시학의 변모를 예상하는 부분을 발췌해 실어본다.

"미래시학은 기존의 서구 이성주의 산물인 이분법적 사고를 떠나 몇 가지 조건을 충족시키면서 전개될 에코페미니즘Ecofeminism과 사이버 페미니즘Cyderfeminism의 시학을 제시했다. 에코페미니즘은 여성의 본성과 자연의 본질이 근본에 있어 동질이거나 유사하다는 관점에서 출발하여, 종래의 남성 권위적이고 호전적인 비폭력성과 대칭을 이루며 자연친화적이라는 점에서, 사이버페미니즘은 남성과 여성, 인간과 기계, 인간과 동물 등의 경계가 사라진 지점에 시적자아의 자유로운 상상력이 폭발적으로 분출될 수 있다는 점에서 의미를 가질 것이라고 보았다. 중요한 것은 두 시학의 지향점이 보다 바람직한 방향으로 가기 위해서는, 전자는 대지적 여성성의 자아를 수용하고 후자는 존재에 대한 깨달음과 성찰적 자세로 나아가는 궁극의 목표를 가지는 것이라고 보았다."— (이지엽, 「한국 여성시의 특징적 몇 국면과 미래시학의 방향」, 『현대문학이론연구』 중에서)

한국문학에 있어 詩는 우리 민족의 성쇠와 같이 해온 대표적인 문학 장르다. 고대의 가요, 신라의 향가, 고려의 속요, 조선시대의 시조와 가사 등 유구한 역사를 지니고 민족의 희노애락을 읊으며 존재해 왔다. 그런데, 흥미로운 것은 시의 길이에서 미래 시의 형태를 유추할 수 있다는 것이다. 현대 시의 한 부분을 다소 난해하고 길이가 긴 미래파 시인들이 그 흐름을 주도하고 있고 또 한편에서는 미래파의 반동이라 할 수 있는 짧은 시, 극 서정시, 절대시 등 2행 시 중심으로 이어지고 있다. 동시대 시인들의 의식은 서로 나누지 않아도 얼마간 융합이 되는 것 같다. 올해 나의 시의 흐름도 더러 2행부터 짧은 시 경향을 보이고 있어 독자에게 어떻게 읽혀질 것인가 궁금하다. 세미나를 마치고 강가로 옮겨 시 낭송으로 감동의 시간을 가졌다. 시와 아름다운 자연 속에서 보낸 뜻깊은 하루였다. 시가 희망이다는 생각을 종종 한다. 기계 문명화가 되어가는 AI 시대에서 까칠해진 우리의 마음을 위무해주는 것이 시이다. 가을이면 김현승의 '가을의 기도'와 윌리엄 예이츠의 "이니스프리의 호도"를 자주 읊조린다. 이 가을 마음이 허기질 때 맛있는 시 한 공기 어떠신지요?

살구꽃 피는 마을

봄이 짧아졌다. 꽃의 주기가 그것을 알려준다. 벌써 매화가 지기 시작하고 개나리 진달래와 살구꽃, 목련이 활짝 피었다. 꽃사과와 벚꽃도 오늘 아침 고운 꽃창을 열었다. 지난해처럼 봄꽃이 순차적으로 피지 않고 한꺼번에 피어났다. 언젠가부터 간절기 옷을 거의 입어보지 못하고 지난다. 사계가 뚜렷하단 말이 무색해지고 여름과 겨울이 지루해졌다. 부지런하지 않으면 카메라에 담긴 봄꽃을 SNS에 올릴 사이도 없이 지나기도 한다.

꽃들이 손짓을 하여 그냥 지나기가 미안하다. 몇 마디 말을 건네기도 하고 그네들의 말을 경청하기도 한다. 꽃의 언어처럼 고우랴. 그저 삶이 곱고 아름다워야 한다고 말한다. 아름다움은 자신들을 지으신 그분의 속성이라고 말한다. 인간을 그분의 형상대로 지으셨는데 우린 왜 곱고 아름다운 생각만 하지 않는 것일까. 악한 생각과 행동은 어디서 오는 것일까. 성경에는 분명 사단과 마귀가 그런 역할을 한다고 한다. 악한 생각과 행동이 잘못된 것이란 걸 알면서도 행하는 것은 한 계절 피었다 지는 꽃만도 못하다는 의미가 아닐까?

꽃들의 일생처럼 마지막까지 아름다운 모습을 보여줄 수 있다면 얼마나 좋을까. 항상 누군가의 마음을 어루만져주는 사람이라면 꽃처럼 아름다운 삶을 산다고 할 수 있겠다. 웃음을 주고 기쁨을 주고 상쾌함을 주는 꽃과 나무들, 가지를 오가는 봄새들의 노랫소리가 어우러져 생기가 넘친다. 살아있는 것들은 항상 더불어 사는 조화로운 모습을 보여달라는 것 같다.

아침 산책길에 개울가 살구꽃이 유난히 마음을 당겨 카메라에 몇 컷 담았다.

살구꽃 핀 마을은 어디나 고향 같다.
만나는 사람마다 등이라도 치고 지고
뉘 집을 들어서면은 반겨 아니 맞으리.

바람 없는 밤을 꽃그늘에 달이 오면,
술 익는 초당草堂마다 정이 더욱 익으리니,
나그네 저무는 날에도 마음 아니 바빠라.

– 이호우 「살구꽃 핀 마을」 전문

살구꽃 그늘에서 읊조린다. "살구꽃 피는 마을은 어디나 고향" 이 소절을 가만히 되새기면 소박한 남녘 내 고향이 아련히 펼쳐진다. 꿈속에선 여전히 연이네 텃밭가 환한 살구꽃 고향길이, 추억을 따라 환하게 펼쳐져 가지마다 웃고 있다. 그 개울가에서 등황빛 살구를 줍는다. "술익는, 나그네" 가 박목월의 시를 연상하게도 된다. 아무렴, 이렇듯 정겨운 고향과 사람과 인정이 흐르는 시가 이 봄 살구꽃으로 피어나는 것을. 목가적인 소재의 시어가 마음을 붙잡고 놓아주지 않는다. 앞마당에 봄병아리 엄마 닭 깃 속에서 졸던 유년의 그 봄이 왈칵 달겨든다.

'감사'와 '검사'

　컴퓨터 자판에서 '생강차'를 치는데 '생각차'라는 오타가 났다. 글을 쓰고 있어서인지 생각차란 단어에 철학이 개입되어 그에 따른 내용들이 꼬리를 물고 이어졌다. 오타를 냈다가 언어의 유희라 할 수 있는 졸시 한 편을 쓰게 되었다. 오타가 사고의 확장을 가져온 셈이다. 이런 경우라면 오타를 좀 내도 될 만하다. 누구를 불편하게 한 것도 아니요, 혼자 하는 작업이었으니까. 동음이의어를 통한 말장난이나 간혹 비슷한 놀이를 하고 놀 때도 있다.

　며칠 전 '감사합니다.'라고 카톡 댓글을 달았다. 다음 날 카톡을 열다가 보니 '검사합니다'로 적혀 있었다. 그러니까 어제 감사하다고 인사해야 될 사람에게 검사한다고 한 것이다. 이런! 뭘 검사하겠다고 한 것인지, 의

210

미가 완전히 다르니 상대방이 황당했을 것 같기도 하다.

'ㅏ'와 'ㅓ' 단모음의 바꿈이 엄청난 차이를 가져온 것이다. 받은 사람의 기분이 묘했을 거란 생각이 들어 다시 수정해 보냈더니 그제야 접수한다는 답변이 날아왔다. 상대방이 오타를 인정치 않은 경우다.

시력이 안 좋아지면서 가끔 카톡이나 문자의 의사전달에 장애가 발생하곤 한다. 좁은 스마트폰 글자창도 한 몫 거든다. 그 사정을 아는 사람이라면 이해를 하겠지만, 그렇지 않거나 단체의 문서 성격이라면 큰 실수를 범하는 것이 된다. 보내기 전에 돋보기를 쓰고 다시 검토해야 할 텐데 돋보기가 곁에 없을 땐 그냥 보내게 된 탓도 있다. 물론 내가 수신한 카톡이나 문자에도 오타가 심심찮게 발견되어 상대방의 맞춤법에 관한 지식까지 가늠해볼 때도 있다. 가벼운 말이거나 일부러 그런 글이 아닐 때 말이다.

뭐 이해할 거라고 치부한다면 할 말 없겠으나 글쓰기, 맞춤법을 선도해가야 하는 문인으로서는 묵과해서는 안 되는 것이다. 그래서 발견하게 되면 시간이 좀 지났더라도 수정하곤 한다. 가뜩이나 특정인들만 알아듣는 정체불명의 은어와 비속어와 같은 한글의 오용으로 나랏말의 격을 떨어뜨리고 있는 인터넷 시대에, 바른 한글을 전하는 일에 한층 더 신경을 써야 하지 않을까 싶다. 인터넷, 스마트폰이 언어생활에 두루 영향을 미치는 사회에 살고 있다.

화전놀이, 꽃기운 화안한 봄이로고

세밑에 농협 농정지원단에서 실시하는 '식사랑 농사랑 체험'의 일환으로 하룻길 나들이를 했다. 양평 양수리 과수마을이 목적지다. 꽁꽁 얼어붙은 남한강을 따라 양평까지 가는 길은 눈이 하얗게 덮혀 있었다. 소비자에게 기존의 유통구조보다 몇 단계 빠르게 배달되는 첨단시설의 "농협 안성농식품물류센터"의 소개와 자기 계발에 관한 강의를 잠시 들었다. 개그맨이 시청자를 웃기기 위해 얼마나 피나는 노력을 하는지 빼곡한 손바닥의 글씨가 말해준다. 징기스칸의 리더십, 임금에게 음식을 올려 칭찬을 듣는 장금이의 성실하고 인간애가 넘치는 대장금 장면은 다시 봐도 감동이다.

실습실로 옮겨 잠시 쉬다가 배를 이용해 쨈을 만들었다. 배를 껍질째 강판에 갈아 설탕과 산(레몬)을 조금 넣고 불 위에서 저으며 조리니 쨈이 되었다. 배 속에는 펙틴이 적어 레몬을 넣는다고 했다. 채소의 세포막이나 과일 껍질 속에 많이 들어있는 펙틴은 당과 산을 만나면 젤리 형태를 형성하는 물질이다. 딸기 등 펙틴이 많은 과일은 레몬을 넣지 않아도 된다. 펙틴은 항암효과도 있는 중요한 물질이다. 사과껍질에는 펙틴이 많이 들어 있어 잔류 농약 걱정 말고 깨끗이 씻어서 껍질 째 먹어도 괜찮다고 한다.

두 번째 실습은 '화전 만들기' 체험이다. 겨울 속에서 봄을 만난 기분이다. 예쁜 식용 꽃들의 꽃잎을 분리하는 것부터 자유롭게 연출하는 것이 즐거웠다. 어릴 때는 진달래 화전만 먹는 줄 알았는데 이젠 어지간한 꽃들은 모두가 식용으로 가능하다. 카네이션과 제비꽃, 허브와 장미 외에도 많다. 예쁜 꽃잎을 동글납작하게 편 찹쌀 반죽 위에 얹으니 동화나라에서 봄을 맞이한 것 같다. 한 입 베어무니 봄기운이 스며드는 듯 나른한 행복이 밀려온다. 책 속에 꽃나무를 넣어 놓은 것 같은 익힌 화전에 햇살이 비쳐드니 곱기도 하다.

조선 후기 여성가사의 대표적인 유형인 화전가花煎歌가 떠오른다.

만사를 제번하고 기상 승수 좋은 곳에
청명날 날을 바다 우리 동류 일차 승회

탐화소창 하옵기를 천만행심 바라노라
하인에게 분부하여 남촌북촌 통기하니
규중에 갇힌 동류 여광여취 야단일세

......

왕손방초 가는 풀은 푸릇푸릇 피어있고
송이송이 피는 꽃은 벙긋벙긋 웃는고야
홍홍백백 난발 중에 가지가지 춘색이라
천봉만학 둘러보니 만자천홍 붉어있고
나무마다 벌레소리 가지가지 나비로다

몇 소절 발췌하며 읊다보니 꽃기운 화안한 봄이로고.

아름다운 선택

우리는 매순간 선택의 기로에 놓인다. 앙드레 지드의 《좁은 문》은 남들이 다 지나다니는 넓은 길을 선택하지 않고 남들이 꺼리는 가기 힘든 좁은 길을 선택하였다고 전한다. 프로스트의 '가지 않는 길'에서는 숲 속 두 갈래길 중 사람이 적게 간 길을 택하였다고, 그리고 그것 때문에 모든 것이 달라졌다고 말한다. 삶의 모든 분야에서 이것 아니면 저것을 선택해야 하는 우리는 매번 '나의 선택이 옳았어!'라고 말하기란 쉽지 않다. 분명 그 길이 옳은 것 같아 선택하고도 후회하는 일이 있으니 선택은 삶의 내용과 질을 결정하는 지표이기도 하다.

지난 토요일엔 몇 가지 스케줄이 겹쳤다. 하나는 일상을 비켜 앉아 문인들과 고향 월인당의 달빛을 밟으며 문학을 논하고 사색할 수 있는 고향과 문학이라는 화두가 마음을 동하게 하는 모임이었고, 또 하나는 출판문화회관에서 있었던 출판기념회였다.

꼭 참석해 달라는 초청장을 받았기에 가봐야 될 곳이기도 한데 어인 일인지 마음의 시선이 한 곳으로만 모아진다. 갈등하다가 고향에는 갈 수 없겠노라고 전화를 하고, 출판기념회는 나 한 사람 빠져도 축하해 줄 사람이 많을 것 같아 가지 않기로 했다. 그리고 다른 스케줄 때문에 갈 수 없다고 했던 장애인들을 위한 공연이 있는 후암동 소재 '가브리엘의 집'으로 향했다.

서울역에서 내려 알려준 대로 찾아갔다. 교회에 접해 있어 금방 찾을 수가 있었다. 원장님을 만나 잠시 이야기를 나누고 안내해 준 이층으로 올라가니 먼저 도착한 팀들이 연습 중이었다. 시를 낭송해야 하는 나는 기타 연주에 맞추어 낭송을 해보았다. 중증 장애인부터 조금 덜한 장애인까지 삼십여 명 쯤 될까. 그날은 '스파인 2000'이라는 봉사단체에서 젊은 친구들이 많이 와서 시중을 들어주고 있었다.

고아인지도 모르는 어린 나이에 고아가 되어버린 명이, 바로 앉지 못해 비스듬히 앉아 침을 연신 흘리며 가끔 소리를 지르는 희는 여섯 살 쯤 되었을까. 발을 만져

보니 퉁퉁 부어 있었다. 걷지 못해서인가 싶어 주물러
봐도 그대로이다. 원장님이 말씀하시길 발 뿐 아니라 온
몸이 부어 원인을 알기 위해 검진 중이라고 하셨다. 두
눈이 유난이 튀어 나온 다니엘은 수술을 해서 많이 들
어갔다는데도 정상을 되찾기에는 시간이 필요한 것 같
다. 자신을 높은 곳에서 나라를 걱정하는 사람이라고
설명하던 유난히 얼굴이 해맑은 민인 사춘기쯤 된 것
같았다. 자신의 아픈 몸 상태를 수용하기가 힘들어 고
개를 숙이고 괴로워하는 모습을 보일 때는 무척 안타까
웠다. 의자에 기대야만 앉아 있을 수 있고 흐르는 침을
계속 닦아줘야 하는 아이들, 며칠을 설사 중이어서 소
식을 시키는 열 예닐곱 되어 보이는 남자애는 끈질기게
식당 주위를 맴돌며 원장님을 긴장하게 만들었다. 공연
이 시작되자 아는 노래에 활짝 웃으며 환호하는 아이
들, 박수를 치며 춤을 추고 좋아하던 아이들은 천사들
이었다. 그 집은 천사들이 사는 집이었다. 내 품에 안겨
잠이 든 아이의 얼굴을 바라보다가 눈물이 울컥이고….
우린 눈자위가 붉은 채 공연을 했다. 왕 천사이신 원장
님의 "우리 보배들을 통해 하나님을 만나게 해주세요."
라는 짧은 식사기도에 다시 가슴이 뭉클해지며 눈물이
번진다.

나의 시선이 자주 머무는 곳이 어디였던가, 천사들을 통해 나를 만나고 하나님을 만나게 된 날, '함께'라는 말이 얼마나 푸근하고 아름다운 말인가 곰곰이 새기며 집으로 돌아왔다. 천사들의 얼굴이 자꾸만 떠오른다. 한 번씩 더 안아주고 올 걸, 좀 더 안아 줄 걸…. 사랑과 관심이 필요한 천사들, 가끔 그 천사들을 만나러 내 마음이 육체를 끌고 나서게 될 것이다. 선택의 기로에서 아름다운 선택을 한 나에게 박수를 쳐주었다. 오늘처럼 내게 주어진 선택의 순간에 항상 아름다운 선택을 하여 그로 인해 나의 삶이 달라졌다고 고백할 수 있기를 바란다.

영인문학관과 서울미술관 기행

    남은 잎들의 몸짓이 고운 날, 평창동 영인문학관을 방문했다. 이어령 전 문화부장관의 자택 겸 부인 강인숙 여사가 관장하는 문학관에서는 '여류문인전'이 열렸다. 올해 일흔임에도 고운 자태에 온화한 목소리로 이번 전시회 취지에 대하여, 나혜석, 모윤숙, 노천명 시인의 삶에 관하여서 간략한 말씀도 곁들여 주셨다. 자료는 자손들에게 기증받았다고 하셨다. 작고 여류문인들을 기리는 뜻깊은 전시회라 흐뭇했다. 문인들의 체취가 담긴 생전의 육필원고와 신문기사와 사진, 개인 소지품과 문방사우를 차례로 만났다. 개화기의 신여성인 나혜석에서 박경리까지, 생존하신 분은 김남조 시인뿐이다. 생전에 쓰던 물건들이 사진 곁에 다소곳이 놓여 고인의 성품을 보여주고 있었다.

개화기 신여성들 가운데 서양화가이자 작가와 언론인이었던 나혜석의 당찬 결혼조건이 재미있다. 첫째, 일생동안 바람을 피우지 않을 것, 둘째, 그림을 그리게 할 것, 셋째, 전실 자식을 키우지 않는 것이었다 한다. 그런 그녀도 두 번의 이혼으로 평탄하지 못한 삶을 살았고 길 위에서 최후를 맞고 말았지만, 그 시절 일본에 유학 중인 인텔리 남성들 거의가 가정이 있었고 그런 그들과 엮인 신여성들의 삶이 자연히 불행할 수밖에 없었던 것이다. 나혜석은 뛰어난 미모에 여성의 사회참여와 권리를 주장하는 여권운동의 선구자였고 다방면의 재주를 갖춘 여성이었다. 여류 외교관으로서 우리나라 UN 가입과 단독정부 수립에 활약을 했던 모윤숙은 일제를 고무, 찬양한 글을 써서 노천명과 친일파라는 불명예를 지고 있다. 그 당시 언론기관을 운영했거나 근무했던 사람들은 친일에서 자유롭지 못했다고 하니 암울했던 역사의 그림자에 밟혀 고통 받았을 그녀들의 아픔을 무조건 단죄할 수만도 없는 노릇이다. 세월의 간극이 좁혀지며 한 세월을 불꽃처럼 살다 간 문인들의 숨결이 생생하게 느껴졌다.

점심식사를 위해 오후의 햇살이 고즈넉하게 내려앉은 유기농 쌈밥집으로 갔다. 다람쥐 두 마리는 연신 시간을 돌리고, 엎드린 아름드리 항아리들이 고향의 장독대를 연상시키는 그곳은 음식이 정갈하여 귀한 손님을 모시고 싶었다. 문 앞 늦은 다알리아와 국화가 이우는 계절이 아쉬운 듯 붉은 미소로 일행을 맞아주었다. 맛깔스런 밑반찬과 구수한 숭늉까지 오찬을 즐기고 일어섰다.

근처 '이중섭'전이 열리고 있는 서울미술관으로 향했다. '소'의 화가 이중섭 작품전에 대한 기대가 컸다. 서울미술관 개관의 첫 전시회인데, 이중섭과 동시대에 활동하던 화가들의 작품도 선보이고 있었다. 이번 전시회의 하이라이트인 '소'는 단 한 작품이었다. 전체적으론 생동감이 넘치는데 의외로 눈빛이 매우 슬퍼 보인 황소였다. 큐레이터에 의하면 그 눈빛 때문에 지금의 미술관 관장이 옥션에서 경매를 받게 되었다고 한다. 이중섭의 외로운 삶의 투쟁을 잘 보여주는 대표작 가운데 하나였다. 이중섭은 피란시절 가족과 떨어져 다시는 만나지 못하고 생을 마감했다. 일본에 있는 아내에게 보낸 그림편지가 애틋하다. 해, 달, 별을 그려 밤이나 낮이나 가족을 그리는 마음을 전하고 가족 넷이 얼굴을 마주하고 있는 모습, 가족을 그리고 있는 자신의 모습과, 일본어 편지글이다. 군동화와 담배 은박지에 그린 은지화도 인상적이었다. 아이들과 물고기, 게 등 모든 사물이 사람의 신체와 접촉하고 있는 모습에서 그리운 가족들과 스킨십을 간절히 원하는 마음이 이입된 듯하였다. 이중섭의 자화상이 지워지지 않는다. 손을 피가 나도록 문지르는 이상한 행동 때문에 주위에서 정신이 온전치 못한 사람이라고 하자, 자신이 정상적인 사람이라는 것을 보여주기 위해 거울을 보고 자신을 그려 조카에게 주었다고 한다. 그때가 30대였다고 하나 사진 속 사람은 50대 같았다. 건강이 안 좋은 상태였다니 그럴 만도 하다. 3층에선 근대작가 천경자전도 열리고 있었다. 그동안 닫아두었던 미술관 뒤뜰로 연결된 대원군의 별장 '석파정'도 둘러보았다. 수령이 수백 년 된 소나무와 위엄이 서린 합각지붕의 기와집, 산책로인 숲길에 만산홍엽이 마지막 정열을 불태우고 있었다.

자화문 밖 평창동은 큰 고택이 많아 긴 담장을 타고 내린 붉은 담쟁이넝쿨이 인상적이었다. 노란 은행잎이 나비처럼 날리는 조락의 계절, 분주한 일상을 잠시 내려놓고 내 안으로 그윽해지는 하루를 보냈다.